朝霧晴

「呀呵——！大家內心的太陽，朝霧晴高高升起嘍！」

最喜歡看到大家展露笑容，是充滿活力的女學生。由於好奇心極為旺盛，常常在一時衝動下，做出讓周遭人們始料未及的言行舉止。

宇月聖

「嗨各位！大家的聖大人亮相嘍！」

前世是以男人的精氣為生的魅魔，卻因為只對同性（女性）有興趣而餓死。歷經轉生後華麗亮相。頭上的角是前世殘留至今的特徵。

神成詩音

「巫女好——！我是大家的媽咪神成詩音喔！」

讓九尾狐狸附身的巫女，以神明使者的身分守護人界的和平。由於多達九條的尾巴會受到感情的起伏而劇烈晃動，站在她身後時要小心。

晝寢貓魔

「喵喵——！被香香的味道吸引而來！我是晝寢貓魔喔！」

最愛午睡的異色瞳獸娘。但只要有人在附近吃東西，她便會睜著閃亮雙眼接近而來。餵她吃東西就會很開心。即使不這麼做，一旦摸摸她，也會讓她感到開心。

相馬有素

「報告！相馬有素來報到了是也！」

以解放自我為宗旨的偶像團體——解放軍成員之一。冷酷外貌讓她深獲男女雙方喜愛。然而因為內在是個草包，導致她總是煞費苦心地維護自身形象。

苑風愛萊

「呀呵～大家～！過得好嗎～的喲～！我是愛萊動物園的苑風愛萊的喲！」

在網羅了各式動物的大型主題樂園——愛萊動物園擔任園長的精靈。動物們不知為何都對她展露出唯命是從的姿態，深得牠們的崇敬。

山谷還

「這裡是跨越高山、跨越低谷，最終抵達的歸還之處。歡迎造訪山谷還的頻道。」

在心地善良者身負重傷時悄然現身，為其施加治療後隨風離去的女子。全身上下充滿了謎團。

Live-ON

雀屏中選的閃耀少女們

最新消息 | 商品
活動方針 | 旗下藝人 | 公司概要

彩真白

「大家真白好——咱是暱稱真白白的彩真白喔。」

視繪畫為人生目的的插畫家。雖然嘴巴有點毒，但其實是個很會照顧人的溫柔少女。

心音淡雪

「各位晚安，今晚也是飄著美麗淡雪的好日子。我是心音淡雪。」

只會在淡雪飄零之日現身，散發神祕氛圍的美女。那雙吸睛的紫色瞳眸深處，似乎藏著某種祕密……

祭屋光

「好光光！祭典的光芒招來人群！我是祭屋光！」

在全國各地舉辦的祭典上現身的祭典少女。據說即使相隔兩地舉辦，她也會在同一時間現身於兩場祭典之中。

柳瀨恰咪

「將大家帶往至高治癒之地的柳瀨恰咪姊姊來嘍。」

原本個性內向，卻鼓起勇氣，成功以外向的個性出道並大獲成功。然而內在並未因此改變，是以雖然看似開朗，但仍殘留著陰沉的內裡。

Set List

七斗七 插畫 塩かずのこ

Kadokawa Fantastic Novels

身為VTuber的我因為忘記關台而成了傳說［3］

彩頁、內文插畫／塩かずのこ

迄今為止的前情提要

觀看次數：99,999次・2021/09/20

小咻瓦剪輯頻道

5萬 位訂閱者

已訂閱

首先作為前提，一如這個世界藉由**美〇明宏**VS**黑柳〇子**帶來了**光與暗的均衡**，

隸屬Live-ON的三期生VTuber心音淡雪的存在是由**小淡**和**小咻瓦**的組合而得以成立的。

這是**麥〇勞**和**肯〇基**合併之後，

商標不知為何改成了**賽百〇**導致**民怨四起**的世界所發生的事。

被四期生後輩**相馬有素**做出**愛的告白**的淡雪，

成了同為四期生的**山谷還**的媽咪，最後則在四期生**苑風愛萊**

任職園長的動物園中，成為二期生**神成詩音**的小嬰兒。

身為VTuber而獲得上述殊榮的淡雪藉此更上一層樓後，

更與同期的**彩真白同床共枕**。和**同期同床**了。

這就是**臉紅心跳同期同床**。**臉紅臉紅臉紅臉紅紅〇靈**？我愛！

我喜歡**紅〇靈**！看了就會**心兒蹦蹦跳**！我愛！我全都愛！

我特別喜歡她**頭上的觸角**！就像**魔人普〇**一樣超愛！我愛**魔人普〇**！我超愛**魔人普〇**！

巧克力光線！順帶一提，這個世界的**賽百〇**在和**星〇克**合併後，

商標改成了**餃子〇王將**並受到大眾接納，戰火也得以平息。而為了當上**王〇**的店長，

淡雪即將面臨**打工面試**的環節。這時，身為一期生

且是淡雪最為尊敬的人物——**朝霧晴**，竟邀她參與演唱會的演出。

序章

「今天我打電話過來，其實是有事情想拜託雪小姐。」

「咦？有事想拜託我？」

在借宿結束、真白白返家後又過了一天。今天是和經紀人鈴木小姐開會的日子。我原以為要一如往常地討論開台內容，想不到她一開口就如此耐人尋味。

怎麼回事，是想邀我參與新的企畫嗎？但總覺得她還是第一次對我用上「拜託」這個詞彙。

「一期生的朝霧晴小姐捎來了合作的委託，希望您能撥冗參加。」

「咦？真的假的？」

這、這一天終於來了嗎！

自從上次在像創直播中被她說了些意有所指的話語後，我就一直滿懷期待地等待著，與晴前輩的合作連動終於要來了嗎……

什麼叫拜託我呀，反倒是我想出言拜託好嗎？

身為晴晴教信徒的我，自然沒有點頭同意以外的回答www

「請務必讓我參加！」

「呃，那個，您願意參與固然讓我相當感激。不過保險起見，您不妨在聽過企畫內容後再做答覆……」

奇、奇怪？這種支支吾吾的口吻，很不像鈴木小姐平時的作風耶……？

畢竟是出自那位晴前輩的主意，也不能否定她會腦洞大開地想出狂整直播主的企畫的可能性。

「呃……我要做什麼呢？」

「我這就說明詳細內容，在相關情報正式公開之前還請您保密——其實呢，我們已經租借了場地，正在籌辦朝霧晴的個人演唱會。這次甚至請來現場伴奏，是認真舉辦的一場演唱會。」

「咦？妳說租借了場地，是指包下公開空間，而且會讓觀眾入場嗎？」

「是的，這是Live-ON的初次嘗試，所以就規模來說，我們租下了能容納約三千人的會場，同時也會開放網路直播。」

「三千人？」

「是的。以晴小姐的人氣來說，這樣的人數算是低估了。」

「真的假的……」

三千人為了聆聽音樂而齊聚一堂……雖說我平時的直播也能吸引許多觀眾，但一想到這樣的人數並非透過網路，而是實際到場支持，就讓我感到為之震撼。

「如此這般，我才會前來拜託雪小姐。」

「我已經充滿了不好的預感。」

「據晴小姐所言，她希望讓雪小姐以驚喜嘉賓的身分出場，並合唱一首歌曲作為演唱會的最高潮。」

「藍〇路——☆」

「好懷念的哏喔，是誰說這句話的？呃，好像是麥、麥、麥當……過氣小丑說的？」

「別這樣說他啦。」

晴前輩確實說過要做些「更厲害的事」，但想不到居然會捎來這種超乎想像又充滿衝擊性的邀約！

真不愧是擬人化的Live-ON，這種讓成果偏離期待的作風，確實宛如晴天霹靂，因為是「晴」前輩嘛……我知道這很冷，真對不起。

「為、為何要我擔綱這麼重要的角色啊？」

「這個問題得去詢問她本人才能知道答案呢。不過晴小姐說過，若是雪小姐不參與，她就不辦嘍。」

「咦？不辦是指……整場演唱會都要付諸東流的意思？」

「是的，所以我才來『拜託』您啊。雖說尚在企劃階段，但站在Live-ON的立場而言，為了讓事業更上一層樓，我們希望能讓這場演唱會順利辦成。所以我由衷希望雪小姐能助我們一臂之力。」

……我不懂！我完全不懂晴前輩在想些什麼！明明是能讓自己大放異彩的舞台，她卻把決定權交到一名後輩的手上……？

「我能明白您感到混亂的心情。不過Live-ON這邊也是大感意外喔。大家都紛紛嚷著：『那位晴小姐居然願意辦演唱會！』呢。」

「咦？這話是什麼意思？」

「晴小姐平時總是堅持不舉辦以自己為主角的活動，因此我們都很吃驚呢。我們迄今也碰過好幾次軟釘子了……」

「是、是這樣嗎？真的假的？」

原來有這樣的前因後果啊——我這麼思索著，隨即回顧起晴前輩登場過的合作企畫。

——真的耶。打從二期生出道直至今日，她從未策劃過「為了自己而舉辦的活動」。

由於她的存在感太過強烈，我完全沒察覺到這件事……既然連我都沒發現，有所察覺到的網友肯定更是少之又少。

「這究竟是為什麼……」

「晴小姐不僅重視著『身為直播主的自己』，同時也很珍視著『身為Live-ON工作人員的自己』。簡單來說，她很希望自己能在Live-ON裡面擔任一名默默出力的角色。身兼二職的她相當忙碌，所以我們也經常提醒她不如以直播主的事業為重，但她總是充耳不聞呢。」

「我真的完全沒想到呢。畢竟她總是給我一種衝在最前線的印象呀。」

「比方說，如果今天舉辦的是一場以後輩為主角的活動，無論活動內容為何，她都會鼓起十二分的幹勁全力以赴喔。然而她不喜歡自己成為活動的主角，至於根本的原因為何，就只有她本人才知道了。」

「還真是不可思議。她應該不是厭惡直播事業吧？」

「應該不是這麼回事喔。畢竟她總是把『我要把VTuber界炒得更加火熱！』掛在嘴邊嘛。」

「嗯……」

真是個難以捉摸的人。晴前輩雖然給人無拘無束的印象，卻也能感受到那份貨真價實的決心。

「關於這次的企畫，我也是在一次聚餐時不抱期望地提議，結果她卻給了我『要是咻瓦卿能在演唱會最後上台就行』這樣的答覆，我都覺得是奇蹟降臨了呢。」

「原來如此，我大概明白來龍去脈了。」

「感謝您如此通情達理。那麼，關於您的意願……」

「我就開開心心地接下這次的邀約吧。」

「真、真的嗎？非常感謝您！」

儘管我確實相當吃驚，然而這再怎麼說都是晴前輩的邀約喔？要是拒絕，肯定會是我人生的重大損失！

況且我固然緊張，但能在這麼大規模的演唱會上登台亮相，也是個千載難逢的機會。倘若能順利舉辦，肯定能成為這輩子的重要回憶吧。

就讓晴前輩瞧瞧我脫胎換骨的模樣吧！

「那麼，我之後會不定期聯絡您，屆時還請您多多指教。」

「我會喜孜孜地等妳來電的！」

看來，我接下來有好一陣子不用擔心日子不有趣了。

第一章

L-1大賽

雖說已經決定要參加晴前輩的演唱會，但即使分了些時間去做相關準備，也沒影響到我每天開台的行程。那麼那麼，今天的直播內容是——

『大家巫女好！我是連德蕾莎修女的媽媽都想當的神威詩音媽咪喔！而我今天帶來了好幾位快樂的好夥伴！大家知道怎麼打招呼嗎——？』

「「「「「大家巫女好！」」」」」

『好的！說得很好！』

：來啦來啦！

：是好久不見的大規模合作！

：光是聽到說話聲就閃過了不祥的預感笑死。

：剛剛打招呼的時候是不是有開罐聲混在裡面？

：小咻瓦，不要用開罐聲打招呼啊。

噗咻噗咻噗咻！叮——（乾杯聲）噗咻噗咻！

好的好的好的！我是現在腦袋被強〇灌滿的小咻瓦唷！

由於和晴前輩的合作企畫規模太大，需要不少時間籌備，是以我還在等待後續的安排。為此，我今天受邀參加的，乃是由詩音媽咪主辦的大型合作活動，名為「L-1大賽」！

想知道活動內容為何的話請洗耳恭聽！詩音媽咪會將內容公布得宛如AV女演員的身體資料般鉅細靡遺，男人們就讓耳朵勃起得像是中了催眠術，女人們則讓她的嗓音貫穿耳道裡頭的處女膜吧！

『那麼再次自我介紹，我是這次的活動「Live-ON冠軍賽」——簡稱L-1大賽的主持人兼吐槽人員詩音媽咪喔！請各位多多指教！那麼，我先來說明活動內容。或許有許多觀眾會認為這是在致敬某個搞笑節目，這樣的猜測雖不中亦不遠矣。一言以蔽之！我會請這次參加的直播主們兩兩組隊，配合出題表演即興短劇！』

此後，她繼續詳細地闡述活動內容，簡單歸結如下：

1．本次活動是以兩人一組的形式參與。

2．每當輪到參賽組時，詩音媽咪便會轉動轉盤，讓參賽組遵照轉盤上指示的情境表演即興短劇。此外，除了詩音媽咪，其他參賽者在事前都對出題內容一無所知。

3．然而由於是即興短劇，加上兩人都無法事前作準備，為了不讓現場氣氛陷入冷場，在開始表演之後，詩音媽咪便會以主播身分參與。

4．短劇限制時間為三分鐘。內容最讓人印象深刻的一組即為冠軍。

『由於短劇的情境有可能變成搞笑風格，才會說剛剛的猜測雖不中亦不遠矣呢。不過，這畢竟是即興短劇，換句話說，筆墨難以形容的渾沌空間也可能會應運而生，正是此次活動的看頭喔！』

：原來如此。

：日常生活明明就已經夠渾沌了，還想變得更渾沌嗎？（困惑）

：感覺像是某間經紀公司在演員課程上搞過，結果讓旗下藝人紛紛叫苦的那檔事啊……

：啊——如果讓我來搞這一齣，肯定會很抗拒呢笑。

：她到底是懷抱著什麼樣的心情召集大家的啊……

『其實我一開始也覺得搞不好不會有人響應。但既然對象是Live-ON的大家，肯定都會懷著「這企畫肯定有鬼ww既然機會難得就來湊一腳吧ww」一類的念頭趨之若鶩呢！正因如此，我會讓她們好好來趟地獄之旅的！』

我其實是因為喝了酒一時興起才報名的，酒醒之後就抱頭哀號了一番呢。唉。

『不過不過，既然企畫用上了「大賽」的名目，我自然也準備了獎品喔！冠軍可以獲得獎金，而且還是一個人十萬——合計二十萬圓的大紅包喔！媽咪我可是卯足了勁自掏腰包呢，嘻嘻！』

哎，總之就當作臨時收入或是業績獎金吧。好期待啊——嘿嘿嘿。

：真的假的？

：我來幫忙補一點回來吧。　¥30000

：媽咪從腰裡掏出來的難道是小寶寶嗎？

：感覺參與的直播主都是以能獲得十萬圓的幹勁參賽的。

：直播主表示「好像參加某個活動就能賺十萬耶ww太走運了參加吧www」

『另外，我也問過所有參賽者對於這次大賽的抱負，以及想拿優勝獎金購入的東西喔！而雖然和優勝無緣，但詩音媽咪也作為範例提供嘍！』

隨著詩音媽咪的吆喝聲，畫面上彈出了巨大的字幕。

姓名：神成詩音

對大賽的抱負：侵犯。

想用優勝獎金買的東西：肛〇塞

：嗯嗯？

：糟糕我發出怪聲了www

：侵犯這兩個字長出大草原了。

：詩音媽咪……您帶孩子帶得太累了嗎……

：畢竟孩子總計有十人之多，這也沒辦法呢。

：想買肛〇塞是什麼鬼啊？

：性暗示太嚴重嘍。

詩音媽咪，歡迎來到我們所在的香格里拉。

聽說高中女校一類的環境會因為周遭缺乏男人而萌生百合之戀。由此可證，因為周遭都是些口味過於獨特的烈酒，宛如清水的詩音媽咪也踏入了酒精發酵的境界。

再見了，那湛藍澄澈的歲月。乾杯。

『咦？怎麼回事？我不是這樣寫的呀！我記得這裡的字幕是聖大人幫我準備的……喂！聖大人！』

「這裡是聖大人。真抱歉，這似乎是本人犯了疏失，才會不小心讓詩音和我的答案互換了。」

『妳一定是故意的吧！快點把正確的版本放出來啦。』

「收到。」

姓名：神成詩音

對大賽的抱負：就算死了也要繼續照顧大家。

想用優勝獎金買的東西：孤兒院

『這才對嘛！這才是正確的資訊！妳太調皮了啦！』

：總覺得這份資訊也是挺黑暗的啊……

：感覺會在背地裡籌備人類補完計畫一類的玩意兒。

：對大賽的抱負太過認真了吧。

：主辦者的楷模。

：就算修改之後仍有修改的必要笑死。

『那麼那麼，開場白到此為止，差不多該讓活動開始啦！抱負一類的資訊，會在各組正式出場之際一併介紹，所以請大家再等等！在本次大賽中率先登場的便是這兩人——由心音淡雪（小咻瓦）和宇月聖組成的『直播意外惡人組』登台亮相啦！』

喔，我們居然是第一組嗎！

「噢，淡雪，似乎輪到我們上場了。就讓我們把場子炒翻天吧。」

「沒錯，聖大人。我們就當個稱職的第一棒，讓後面的參賽者見識見識何謂堪稱楷模的直播意外吧。」

『小咻瓦，直播意外不是刻意引起的，不然怎麼叫做直播意外咧……』

：只能生草了。

：別用隊伍名稱暴雷啦。

：有種類似假〇騎士的主角和戰隊的紅戰士攜手合作般的感動。

：說錯了吧。明明就是物質和反物質攜手合作。

：這會讓直播引發名為刪除頻道的湮滅反應對吧，我懂。

：至少別讓無辜的人捲入受害啊……

『聖大人因為剛剛已經秀過了所以略過。我也問過小咻瓦的抱負和獎金用途，接下來將會秀出來。大家請看！』

姓名：心音淡雪（小咻瓦）

對大賽的抱負：老實說今天只是一時興起報名的！

想用優勝獎金買的東西：YONTORY

：也太浪擲人生了笑死。

：妳是一時興起出現在拉○葬禮的那位絕對參與型大姊（註：2007年高野山東京別院曾舉辦《北斗神拳》拉歐的升魂儀式。當時被採訪的民眾之中，有一名女子老實回答：「我只是一時興起過來參加的，根本不認識這個人。」而小有名氣）的轉世嗎？

：別講得像是戰略武器一樣。

：抱負之輕浮和花用獎金的野心之大形成超級強烈的對比。

：這個時間點的十萬圓，相當於現代的十萬圓紙幣！

：這不是一點都沒差嗎？

：聽到有人想出資收購，想必連YONTORY都會臉色鐵青。

：畢竟聽到有人企圖用區區十萬圓收購國內首屈一指的大企業，肯定會覺得是義務教育出了問題吧。

『好的，那麼我要開始轉出題轉盤嘍！大家仔細看畫面！』

畫面上秀出了一個轉盤，上頭羅列著為數眾多的題目，從感覺難度很低的王道系情境到只能以「莫名其妙」來形容的情境皆有，可說是五花八門。

「原來如此……不過，無論選到了哪種題目，對我們來說都是信手拈來吧。妳說對吧，聖大人？」

「嗯啊，不如說就算把三個題目融合在一起，對我們來說也是小試牛刀。」

『哦，這樣放話沒問題嗎？媽咪真的會照辦喔？』

「──不行不行～不行喲～不～可以～的喲～」

『這些孩子真皮呀……好！那我要開始轉了！通往地獄的倒數計時要開始啦！』

箭頭對準了高速旋轉的轉盤。就在眾人屏息下，箭頭所揭示的命運結果是──

『好的好的！題目就決定是便利商店了！』

哦，這應該算是中獎了吧？感覺是個彈性很大的題目呢。

好啦，問題在於要怎麼搞出直播意外呢……看來說什麼都得和聖大人齊心協力了。

不過，只要我們這段藉由強烈性慾而締結的羈絆存在，無論走到哪裡一定都會引發直播意外的。我就放輕鬆上吧。

「聖大人有想扮演的角色嗎？」

「這個嘛……應該是店員吧。」

「我明白了。那就由我扮演客人。」

『好！都準備好了嗎？但就算還沒準備好也要開始啦！那麼，從現在開始的三分鐘內，這裡就是便利商店了。預備──開始！』

隨著這聲吆喝，我的意識也將眼前的直播更改為演戲的舞台。

我是客人，所以就從走進店門的部分開始演起吧。

「嗚……好冷喔……今天要買些什麼呢……」

「交歡淫亂光臨——！」

「嗯？那位店員小姐剛剛說了些什麼？」

「歡迎光臨——！」

「什麼啊，原來只是因為講得快了點才聽錯了啊。」

『直接開除這種店員不是更好嗎……好的好的，小咻瓦現在走進便利商店嘍——！』

：嗚哇。（退避三舍）

：才剛開演就放大招……

：詩音媽咪，妳說出真心話嘍。

好啦，走進商店之後，就該來物色商品了。

「買點暖呼呼的飲料吧……啊，這裡有最新一集的漫畫呢。」

「那位美麗的客人，能打擾妳一下嗎？」

「咦？」

『喔！就在小咻瓦物色商品之際，聖大人前來搭話了！』

「我們店裡進了一批新的片子，要不要參考看看？」

「咦？片子指的是電影嗎？真不錯呢！有哪些可以看呢？」

「總之店裡擺了淫術迴戰、崖上的色妞和紫裸男永恆花痴喔。」

『這不全都是惡搞其他作品的成人影片嗎！』

「沒有Wife-ON這部片子嗎？」

『小咻瓦也別試圖弄出Live-ON的惡搞作品啦！』

「有喔。」

『居然有嗎？難道為時已晚了？』

：咦咦咦……

：聽說這是在進行日常對話，真的假的？

：平時直播也是差不多的內容啦，根本家常便飯。

：從說出「惡搞」和「成人影片」一類的詞彙來看，詩音媽咪也被汙染得挺嚴重呢。

：與其說是直播意外，不如說通篇能播放出來的鏡頭連一秒都沒有。

：要是詩音媽咪不在，就會形成無人吐槽的災難現場啊。

「總之，我等等再考慮是否要添購吧。我有其他想買的東西。」

「當然沒問題。這間便利商店『三大慾望』是由本聖大人擔任店長，店裡也網羅了形形色色的商品喔。」

「好耶──」

『店名就不能再正經點嗎？』

「附帶一提，三大慾望的比例分別是食慾占0．1成、睡眠慾占0．1成、性慾占9．8成喔。」

「好厲害的店呀，就連一般的情趣商店都比這裡更有便利商店的感覺呢。」

『好的好的！時間有限，請快點挑選商品吧！』

由於詩音前輩在催促了，我於是結束選購商品的階段，來到了結帳橋段。

要是再選購下去，難保不會把有限的三分鐘時間全數用盡。對於以奪冠為志向的我們來說，有時間限制未嘗不是一件好事。

「那麼，這些就是我要買的東西了，請幫我結帳。」

『好的好的，情境再次改變，小咻瓦將選購的商品放到櫃台上了！』

「我明白了。要不要也買點櫃台旁邊的熟食呢？聖大人推薦的是兩顆肉包和一根法式熱狗組成的兩性兼具套餐喔。」

『快點以性騷擾罪嫌逮捕她啦。』

「符合我癖性的是〇蛋黑辣妹（註：ガンクロたまご，繪本《黑輪君》的角色，有著辣妹外表的水煮蛋），所以請給我關東煮的水煮蛋。」

『快點被禁止在這個世界亮相啦。』

：抱歉，我可能是耳朵爛掉了。剛剛是不是有人說自己的癖性是〇蛋黑辣妹？

：真是聽見了罪孽深重的癖性，我甚至覺得耳朵爛掉還比較好一點。

：這癖性過於離奇，連遺傳物質都不禁困惑。

：別在聖大人使出渾身解數耍寶之際扔出威力更強的耍寶回擊啦www

：把吐槽的工作全部扔給主持人實在讓人笑死。

「好啦，關東煮幫妳包好了。淡雪還有什麼想買的嗎？」

「首先是褲襪呢。由於經常脫線，能拿來替換的已經不多了。」

「您、您打算在這裡裝備起來嗎？呼……呼……咕嘟……」

「妳模仿RPG防具店老闆的技藝真是維妙維肖。」

『總覺得防具店老闆的名譽被毀損得相當嚴重……全奇幻界的防具店老闆們，真的非常對不起！』

「話又說回來，剛剛聽妳說這裡的性慾占比高達9．8成，我還以為會買不到褲襪呢。店裡有賣真是太好了。」

「妳在說什麼呀？褲襪當然是被分類在性慾這個分類的商品呀？」

「啊，所以才會放在學校泳裝的旁邊呀。看來這裡也充分考慮到了利基市場的需求呢！」

『救我，我要道歉的對象愈來愈多了……』

「那麼淡雪，妳還想買些什麼？」

唔嗯，原來如此，她是打算用這種套路把時間耗盡啊。ＯＫＯＫ，聖大人，我已經徹底明白嘍。

這個嘛，接下來就……

「我還想買強〇呢。畢竟現在光是輸入強〇，就會跟著跳出『小咻瓦』這個關鍵字嘛，要是不買才顯得奇怪咧。」

「您、您打算在這裡裝備起來嗎？呼……呼……咕嘟……」

『咦？裝備是要裝在哪裡？人體並不存在用於裝備強〇的機能喔！還有，妳為什麼這麼興奮？』

「咦？可、可以嗎？那我就稍微試著裝備看看吧……嘿嘿嘿……」

『欸，為什麼妳們的對話能持續下去啊？難道有問題的其實是媽咪我嗎？』

「既然機會難得，也順便把褲襪裝備起來吧！淡雪覺得如何？」

「是個好點子呢！雖然期待起新裝備的性能，但我同時也發現現在的裝備很礙事呢。我這就去把強○和褲襪以外的裝備脫掉喔！」

「啊哈～真是個妙計！現在的妳就算去參加巴黎時裝秀，想必也會成為萬眾矚目的焦點吧！」

「我這就去訂飛往巴黎的機票。」

『等等！妳要是真的訂下去，就會變成全身上下只穿著褲襪和強○的變態踏上伸展台說哈囉的狀況所以不行！妳會成為日本之恥的！』

「欸，聖大人，是不是有人在說我們是日本的恥部呀？」

「的確，被捧得這麼高可是會讓人害臊的。下次參加的時候，我們就把名字改成『Live-ON日本恥部』吧？」

「總覺得日本恥部聽起來和日本分部很像，真是帥氣呢！Live-ON也要走上全球化之路了。不過，要在巴黎展露全球化的，終究還是我本人的恥部啦！哈哈哈！」

『受不了……能不能來個人為這兩個孩子打造個飼養箱呀？』

：這什麼鬼？（歡喜）　¥2000

：防具店老闆表示「我會以更高的價格收購您穿過的防具（奸笑）。」

：這就是最近當紅的《請在伸展台上微笑》嗎？

：若是前往巴黎時裝秀，說不定會逆轉觀感，被當成走在流行尖端的時尚打扮喔。

：這兩人實在太讚了。

：這真的是即興短劇嗎？根本搭配得天衣無縫啊。

：與其說是即興短劇，不如說根本是小劇場了。

：裝備強〇（哲學）。

嗶嗶嗶嗶！嗶嗶嗶嗶！

『好、好的！已經過了三分鐘了，短劇結束！累死了……為什麼見識到地獄的反而是我啊……』

隨著宣告時間到的鬧鈴響起，我們的演出也到此結束。

要是能有更多時間，想必可以把氣氛炒得更加火熱吧。但這樣的節奏似乎也挺不錯的？總覺得聊天室刷留言的速度相當驚人。

『兩位都辛苦了——我就一一訪問當事人的感想吧。先請聖大人發言。』

「這個嘛……我沒什麼在演戲的感覺，幾乎都是順其自然地脫口而出呢。大概是因為我和淡雪的思路相當合拍，才能造就這般默契吧。我們的身體肯定也相當合拍呢。」

『請大家忽略她的最後一句話。接下來請小咻瓦發言。』

「最後還滿爽的。」

『接下來請小咻瓦發言！』

「對不起。若要說正經的感想……總覺得我們有對應到觀眾想看的點呢。我會很期待獎金的喔。」

『哦，最後居然不忘挑釁後續的隊伍們。那麼，就請兩人回到觀眾席上啦！以上是直播意外惡人組帶來的表演！請大家掌聲鼓勵！』

「「謝謝各位的觀賞！」」

我掛斷通話，接下來只需享受其他隊伍的短劇即可。嗯——真不賴！這就是嗨到不行的感覺吧！

好啦，接下來真的會出現能打敗我這個活生生的放送意外、人稱VTuber版江〇2：50（註：指日本搞笑藝人「江頭2：50」，以暴露風格的搞笑為主）的勇者嗎？真令人期待呢。可別掃了我的興啊。

『很好！那就讓下一組人馬進場吧！下一組是相馬有素和祭屋光組成的活力二人組！』

「呀呵！祭典的光芒招來人群！我是祭屋光！」

「條條大路通淡雪閣下，我是相馬有素是也！」

『好的，謝謝兩位的自我介紹！兩位這次也是組隊參加，看來最近似乎相處得很融洽耶？』

啊，的確，我最近也察覺到了這一點。

總覺得在這段期間，這兩人似乎經常進行合作開台呢。

是因為平時展露的氣場相近嗎？儘管感覺她們在喜好等方面大相逕庭，但說不定會默契十足地表現一番喔。

「是的！所謂射將先射馬，我打算先拿下與淡雪閣下走得較近的三期生。由於我意外地和光閣下很聊得來，就變成現在這樣了是也。」

『哇……真是不單純的動機……』

「呵呵呵，小光我總有一天會成為小有素心中的頭號大前輩喔！」

「哼，請別在那邊自作多情了，妳這個巨乳蘿莉。」

「妳說什麼！小光我才不是蘿莉！我已經可以喝酒了！」

「不好意思，是我說錯了，您是合法蘿莉是也。」

「要改就把蘿莉兩字拿掉啦——！」

如各位所見，兩人總是像在摔角一樣熱熱鬧鬧的。

我和聖大人與真白白相處起來也是類似的調調，這種關係得建立在信任對方的基礎上，也是她們感情很好的證據。

由於小有素是我的瘋狂信徒，我一直很擔心她沒辦法和其他直播主好好相處。但她說不定意外地有著交遊廣闊的個性。

『不過妳們感情好成這樣，說不定會讓小咻瓦感到嫉妒喔～？喏，她肯定也看到妳們剛剛打情罵俏的光景嘍～？』

「啊？淡、淡雪閣下您誤會了！這個和那個是兩碼事！對我來說，若淡雪閣下是大老婆，光閣下就只是自慰套是也！」

我要收回前言。這丫頭在說什麼鬼話啊？

「嗯？『自衛套』是什麼啊？」

「自宅發電裝置是也。」

「咦？對小有素來說，我是一座自宅發電裝置嗎？儘管我是不曉得這樣的價值是高還是低啦……」

『原來如此，看來小有素也很喜歡開黃腔呢，真不愧是深受小咻瓦影響之人。這是個棘手的孩子呢……』

：笑死。

：聽說有個後輩把前輩當成自慰套，真的假的？

：但有個化身為強〇的三期生更加糟糕，所以沒事。

：這兩人的互動就像是一對嬉鬧的傻孩子般有趣，超級喜歡。

：因為兩人就算聽不懂彼此的話中含意，也會憑著傻勁蠻幹過去，對話會愈來愈莫名其妙啊。

：對話內容實在過於離奇，肯定會出現針對內容做研究的傢伙，真的笑死。

『好的，差不多該看看兩人的抱負和獎金的運用方式了！請上字幕！』

姓名：祭屋光

對大賽的抱負：盡全力享受！

想用優勝獎金買的東西：ＰＦ５

姓名：相馬有素

對大賽的抱負：幹掉比我早一步和淡雪閣下組隊的聖閣下。

想用優勝獎金買的東西：淡雪閣下

嗯，小光的內容看了就讓人安心呢！真是讓人心暖的好孩子。至於小有素，我看妳是皮在癢啊。

『喂，小有素！不可以在全世界面前宣告人口買賣和襲擊前輩！』

「襲擊姑且默認，不過我要做的事情並非人口買賣！但淡雪閣下可能要和她的人生說拜拜就是了咕嘿嘿嘿嘿。」

『要不要我用奶瓶塞住妳的嘴，讓妳再也說不出話來呀……小光想買的是遊戲機呀，很有妳的風格呢！』

「嘻嘻，因為我以前喜歡的作品，要在那台主機上面出重製版嘍！好想重新回到那個殺氣騰騰的世界，再次體驗那種鮮血四濺的殊死決鬥……」

『糟糕了，現在的我居然覺得她的心願算不了什麼。我說不定已經再也無法回歸正常社會了……』

：不要默認想襲擊啊！　￥6000

〈宇月聖〉：被搞了就要搞回去！讓聖大人好好疼愛妳一番吧。淡雪是我的最佳跳蛋，可不能讓給妳呢。

：自信滿滿的強者風範。這是要走教訓小鬼路線嗎？

：將同僚之間的關係比喻成成人商品難道是Live-ON的流行？

：原來如此。我最近聽說有些小學禁止取綽號，原來是為了防範這樣的狀況啊。

『好的好的，差不多該開始轉轉盤嘍！妳們只剩下現在可以嘻皮笑臉啦！』

好啦好啦，要說挑到的題目等同於命運也不為過呢。再次旋轉之後，箭頭所指向的是——

『勇者與魔王！是勇者與魔王喲！這次似乎選到了一個挺有難度的題目呢！』

嗚哇，詩音媽咪的語氣突然變得好亢奮……既然身為主持人，大概多少會希望演員能被自己耍著玩吧。不過在第一場的時候，她倒是被我和聖大人聯手賞了一記雙人巨人摔呢。

好啦，究竟會怎樣呢——兩人的反應如何呢？

「抽到了小光我的拿手領域呢。這下贏定了。」

「哦，您有什麼根據是也？」

「因為感覺很酷炫。」

「我就知道會是這麼回事是也。哎，不過對我來說手到擒來是也。」

喔，態度挺強勢的嘛。看她們的反應似乎是有備而來，不錯不錯。

「可以讓小光我扮演勇者嗎？」

「可以是也喔。畢竟我應該比較適合扮魔王嘛。」

『好啦好啦，媽咪要按下碼表嘍！勇者與魔王的即興短劇，就此開始！』

碼表所顯示的三分鐘時間逐漸減少。而在經過了五秒後，下定決心的小光率先開了口：

「無惡不作的魔王啊！本勇者現在就要將你送上黃泉路！」

喔，該不會對於演員來說，這種類型的台詞講起來也是挺難受的？

我和聖大人所演出的便利商店購物記，說起來是存在於日常生活的光景之一。這次卻是奇幻主題的世界，是以需要真正的演技。

要是無法沉浸在自己的角色之中，很可能會因為過度害臊而怯場耶。

「哈！不過就是隻螻蟻般的人類，居然妄想打敗本魔王，夢話就留到夢裡去說是也！」

『不錯喔、不錯喔！在相互放話之後，馬上就給人身歷其境的感覺呢！』

我所懷抱的不安很快就散去了。聽到兩人都自信滿滿地開口，便能明白她們的腦海之中不存在著怯場一類的雜念。

「即使我孤身一人，也絕對不能敗戰於此！為了壯志未酬的丹尼爾、達尼、葛蕾格、蕾拉還有丹尼爾，我一定要為他們報仇！」

『咦？妳剛剛是不是說了兩次丹尼爾？』

「啊……」

「呃……看、看來妳似乎有兩位同伴同名同姓是也？」

「就、就是這麼一回事！我想說的就是這個！」

：魔王居然幫忙打圓場了笑死。

：才剛開始就出糗了啊……

：對於已經不在世上的丹尼爾，請大家追憶他……即使是偶爾也無妨（註：典出遊戲「Final Fantasy X」尾聲，女主角對世人的演說內容）。

……嗯，雖然沒怯場，但似乎仍存在著其他的問題啊……

一如預期，在這之後依舊狀況連連——

「名為勇者的傢伙，真虧妳能抵達到這裡是也。然而，若沒有神聖金蘋果的力量，是無法對本魔王造成絲毫傷害的。」

『喔，在這時冒出了重要的詞彙嗎？』

「況且那顆蘋果被四天王之一的魯比安守護著，妳不可能帶在身上是也。這場對決，妳想必沒有任何的勝算是也！」

「嗚！但小光我還是不能輸給妳！」

「奇、奇怪？妳、妳真的沒把蘋果帶在身上嗎？」

「欸？啊，有喔有喔！不過……那個……被、被我吃掉了！」

『「被妳吃掉了？」』

「那個，我昨天肚子餓……所以就不小心拿來填肚子啦。」

原來如此，因為肚子餓，不小心把神聖金蘋果吃掉了啊……

「可、可是！我的聖劍——斷鋼神劍可是被公主大人的聖潔祈禱加持過，有這把劍在手的我肯定能贏！」

「哦、嗯，原來如此。呃……所、所謂的祈禱云云不過是徒然吧？倘若區區一個人類所執行的平凡儀式就能砍下我的腦袋，你們人類又怎會為了我的存在而苦惱至今？」

『原來如此，魔王似乎打算用悲觀的論調擾亂勇者的心思！勇者又該如何因應呢？』

「才、才沒這回事呢！這把劍真的接收了公主大人的力量！」

「這話可有根據是也？那個叫公主的傢伙說不定只是隨口胡謅，就把妳騙到了最前線出生入死喔？在我看來，那個公主才更像魔王是也。」

「我有證據！因為小光就是用這把聖劍刺穿公主大人的！」

『「妳刺穿了公主大人？」』

「為了打敗魔王，這是必要的犧牲！」

「呃，所以公主殿下已經喪命了是也？」

「嗯。但我不會讓公主大人的犧牲白費！小光我已經踩在許多人的屍骨上了！」

「是、是這樣呀。總覺得有點抱歉是也……」

『呵呵呵，很棒喔，這種難以收場的感覺很棒喔！媽咪期待的就是這種大場面！』

：這什麼鬼啊……　¥2500

：打倒魔王的覺悟過於沉重。

：完全是黑暗奇幻故事了笑死。

：要是再讓她們抬槓下去，感覺會有更多人犧牲。

：一開始說要為同伴報仇的時候，公主的名字根本沒被列進去啊！

：丹尼爾一定就是公主啦。

：不是蕾拉嗎……

：詩音媽咪開心就好。

我懂了，因為雙方都各憑興致添加設定，儘管使場面變得混亂不已，但兩人都打算靠著幹勁擺平難關，是以最後產生了名副其實的渾沌空間。

這兩人能有這麼融洽的感情，說不定完全是建立在奇蹟一般的平衡點上……

正當我如此感慨之際，不曉得是幸或不幸，時間依然不斷流逝著。

『妳、妳們兩位！只剩下三十秒了！快加把勁收尾呀！』

「咦，已經過了這麼多的時間是也？既、既然如此——呼哈哈！勇者啊！在開打之前我有句話得先告訴妳。我剛剛雖然說了沒有蘋果的力量就死不了，但即使沒有也打得贏我！」

「呃，小光我也有一句話要說！我剛剛雖然說了有許多戰友犧牲或是對公主痛下殺手一類的話語，但其實根本沒發生過那些事！嗚喔喔喔我要上了！接招吧！普通的揮劍攻擊（註：改編自漫畫《搞笑漫畫日和》的「劍聖大和完結篇」台詞）！！！！」

「咕哈！」

『好的！到此為止！由於鬧鈴響了，就此結束喲！』

這 可 真 糟 ！

兩人像是突然接到下一期就要腰斬的通知的週刊漫畫，讓即興短劇劃下了句點。

『好的好的，兩位都辛苦了！有什麼感想呢？總之先從小光開始問起吧。』

「因為打敗了魔王，我無怨無悔！」

『這樣就滿足了嗎……接下來有請小有素回答！』

「即使打敗了我，真正的魔王淡雪閣下一定也會為我一雪前恥！」

算我求妳了，別把我拖下水啦……

『那麼，以上就是活力二人組為大家帶來的表演！大家掌聲鼓勵！』

：８８８８　￥８８８８

：熬過了三分鐘真了不起（徹底肯定）。

：明明花了大把大把的時間鋪陳卻完全放棄回收伏筆，這嶄新的感覺難道便是所謂的揪心

嗎？

好啦，這下第二組也表演完畢了。以參加的人數來看，下一組似乎就是——

『好啦，雖然遺憾，但接下來進場的就是最後一組嘍！這個已經加熱到極限的場子，真的能被她們徹底顛覆嗎？由晝寢貓魔和山谷還組成的逆轉二人組要登台亮相啦！』

「喵喵！我是由這次的活動嗅到了劣質劇本的味道，於是自午睡起床的貓魔喔！」

「各位觀眾媽咪，大家乳頭好。我是最近在直播上說了：『這個招呼語有點用膩了呢。』結果被大家說成滿嘴問候的黑乳頭小嬰兒而憤慨不已的還。」

嗯嗯，看來這次的活動似乎也即將抵達盡頭了呢。

話又說回來，該怎麼講……我萬萬沒想到負責壓軸的，居然是看不出共通點的這一組人馬。除了我個人之外，就連觀眾們也紛紛留言，表示為此感到意外。

『感謝兩位的參加！就我所知，這應該是貓魔和小還初次合作吧？真想知道妳們決定參賽的契機為何呢——』

詩音媽咪似乎也抱持著相同的想法，代替我們表達了心中的疑問。真不愧是從不違背眾人期待的詩音媽咪。

「是還主動邀約詢問『您若不介意，是否願意和還一同參加』的。」

「貓魔我原本就想參加，卻找不到一起參加的對象，於是順水推舟，做出了確定ＯＫ的演出嘍。」

『哦——原來如此。哦——是小還主動邀約的啊。哦——哦——』

「您、您為什麼要發出那種奸笑聲呢？有什麼意見嗎？」

『沒啦——我只是覺得妳和小淡雪合作之後，似乎就有些改變了呢——』

「嘲弄他人絕非成熟的行為。詩音媽咪，您就是因為這樣，才無法成為真正的媽咪喔。」

『原、原來如此……身為媽咪之道的求道者，這確實是讓我上了一課。』

那個給人怕生印象的小還，居然變得能向初次見面的前輩發出合作邀約……媽咪我實在太過開心，從眼裡迸出的強〇都要變成強固(Good)汁啦！

這就是所謂的吾家有女初長成吧……雖然我的年紀比較小就是了。

『話說回來，兩位這次的隊伍名稱是「逆轉二人組」，是否有什麼來由呢？』

「這就交給貓魔來回答吧！貓魔喜歡的是和普通人恰恰相反的東西，小還則是行為隨著年紀增長而逐漸變得幼齡退化，所以才命名為逆轉二人組呢。」

『原來如此。這次出場的順序雖然是完全隨機，但既然湊巧成了最後一棒，就會讓人期待妳們能名副其實地逆轉獲勝呢！』

：小還最近看起來過得很開心，讓我放心了不少。

：說得沒錯。

：所謂真正的媽咪居然是個只對酒和女人有興趣的移動版酒池肉林，真是被擺了一道啊。

：移動版酒池肉林這詞也太勁爆。

：有酒又有其他玩意兒，總覺得這林子很臭。

：我萬萬想不到居然會有把「很臭」這個詞用在VTuber身上的一天。

『那麼，就來介紹兩位的抱負和想用獎金購入的東西吧！上字幕！』

姓名：晝寢貓魔

對大賽的抱負：感覺像是變成了艾德・伍德（註：美國好萊塢導演，以拍攝劣質低成本科幻恐怖片著名）☆

想用優勝獎金買的東西：由於國內的劣質遊戲有趨於飽和的走勢，想拿來作為前往海外尋找未知劣質遊戲的旅費。

姓名：山谷還

對大賽的抱負：因為是小嬰兒，還請寬鬆給分。

想用優勝獎金買的東西：在能讓自己成為小嬰兒的夢幻級遊戲——公收裡課金。

：完蛋，大家都過於順從自己的慾望了。

：艾德．伍德是哪位啊？

：他被稱為史上最爛的電影導演，是個留下無數詭異作品的偉人喔。

：這不是不行嗎……

：原來小還喜歡公收啊。

：她受到公收的影響，曾表示現在只要看到戴著圓眼鏡的巨乳角色（註：影射手遊「公主連結」的角色「花凜」，該角色會在抽轉蛋時固定登場）就會萌生殺意，似乎玩得挺勤的。

：饒不了那個狗屎眼鏡妹。

：在玩家面前將新的同伴變成石頭的人渣。

：我一直沒把她當人看，而是看成梅度莎一類的怪物。

在開場白結束後，眾人便照著之前的流程轉動轉盤決定題目。這支隊伍卻抽中了相當有意思的題目。

『道歉記者會！這次的情境是道歉記者會喔！』

「咦……」

「這是什麼鬼喵——」

『呵呵呵，妳們說不定抽到了相當特別的題目了呢！好期待、好期待呀！』

「該怎麼辦呢？貓魔前輩有向人道歉過嗎？」

「沒有呢。」

「真傷腦筋，還也一樣。才剛開始就觸礁了呢。」

『妳們為什麼能二話不說地給出這種肯定自己的回應呀？妳們以為自己是聖人一類的大人物嗎？說起來，貓魔每次都害我得拚了命地吐槽，難道不該為這件事向我道歉嗎？』

看來這鬧烘烘的氛圍會持續到比賽結束了。

「哎，但一直為此苦惱也不是辦法，就讓還擔任道歉的那一方吧。」

「哦，不錯嘛！那貓魔我就擔任提出質問的記者喵。貓魔會幫妳擬一份完美無瑕的聲明稿，妳就放心地交給我吧。」

「我會期待您的表現。」

『看來是做好覺悟嘍？那麼計時三分鐘，道歉記者會就此開始！』

「呃——各位能在百忙之中撥冗參加，本人由衷地表示感激。那麼，接下來就由山谷還召開本次的道歉記者會。」

喔！開場白聽起來很有道歉記者會的感覺！醞釀出來的氣氛很不錯喔！

「這次引發的軒然大波，讓社會陷入了動盪不安，我為此深感痛心，並決定在此毫不隱瞞地為各位解釋來龍去脈。」

『謝謝您。那麼，首先由記者進行提問。有請這位獸娘記者發言。』

「喵喵——！Live-ON的二期生晝寢貓魔要發問嘍！這次的事件，是山谷環小姐在ＮＬＫ拍攝知名教育節目「和媽咪一起」時，闖入了攝影現場混進參加的幼兒之中。不僅如此，還向該節目的唱歌媽咪和體操媽咪遞出了收養申請書，最後甚至威嚇節目的攝影師：『你們都有好好拍下來吧？』因而在社會引發了軒然大波，請問以上陳述皆是事實嗎？」

這不行啦！就算是杜撰的事件，引發這種騷動的人也絕對不該被原諒！

在小還決定將罪狀交由最愛惡作劇的貓魔前輩發揮時，或許就已經犯下了難以挽回的失誤。

「啊，原來如此，是是……原來如此原來如此……」

妳看！小還也做出了像是「妳是不是在整我？」的反應啦！

請節哀……

：草上加草。

：這已經不是直播意外等級的騷動了，是直播犯罪啦。

：我光是聽到小還錯愕的語氣就已經快不行了。

：感覺她內心深處真的有這種犯罪衝動。

‥好在意接下來的發展。

『呃……請、請您做出回應！』

然而，要是一直停在這裡，有時間限制的短劇就會演不下去了，是以小還做了一次深呼吸後，再次開口說道：

「呃——是的，以上陳述皆為事實。」

哦，她居然選了坦白從寬的路線。還真是出乎意料的人來瘋。

「喵喵！感謝您誠實以對！那麼，能否詢問您之所以引發這場騷動的動機呢？」

「呃——一言以蔽之，就是我雖然隱約覺得情況不妙，但終究還是壓抑不住內心的退化衝動了。」

喂，別愈描愈黑啦。

「說起來，還的身體雖然是大人，沉睡在體內的卻是熾熱的嬰兒之魂呢。為此，對於自己的行動被外界視為騷動一事，我由衷地感到遺憾。畢竟在那個瞬間，本人只是因為能參加憧憬已久的電視節目而過於興奮，導致思考能力倒退回嬰兒等級罷了。」

「原、原來如此喵？呃，也就是說，還小姐打算堅持自己是個小嬰兒對吧？請恕我失禮，可否詢問您今年貴庚呢？」

「年齡只是數字，老人家是不會懂的！」

「小嬰兒是說不出這種話的吧！就、就姑且當作是這麼回事吧。呃——下一則提問，關於您向唱歌媽咪和體操媽咪遞出了收養申請書一事，您是基於何種想法而這麼做的？」

「既然敢自稱媽咪，就來當我的媽咪吧！說明完畢！」

「喵、喵喵？我、我聽不懂您的意思啦！」

「妳是不會懂的啦！」

：各位相信嗎？這是在開道歉記者會喔？

：完全不演了笑死。

：原來如此，這個稱號（媽咪）對妳來說是不是太沉重了？　￥240

：就算被說了完全不懂也一點都不想懂。

：我這就去投個195次超留捐獻300萬圓（註：典出日本議員野野村龍太郎貪汙事件，該議員由於浮報三百萬日圓的交通費而引起軒然大波）。

「應該說，我為什麼要被視為遭受抨擊的一方呢？我可是同樣掌握了那位貓魔記者諸多行惡的證據喔！」

「喵？」

「喂！還不上行刑台嗎？嗄？這回輪到我進攻啦！」

「喵喵？」

「我要把妳的惡行惡狀全部攤在陽光底下，給我做好覺悟吧！」

「喵喵喵？」

「呃——我是記者山谷還。請各位多多指教。」

『喔喔！這、這種發展是怎麼回事？想不到事已至此，居然會上演被告和記者替換選手——不對，是互換身分的立場！兩人的身分在短短一瞬間變得顛倒過來！她們會在剩餘的一分鐘內讓我們見識到什麼呢？』

是一群傻蛋啊。

：大草原長定了。

：哇——原來道歉記者會是一種運動項目啊。

：是端看哪一方能夠匯聚更多世間敵意的心靈運動喔。

：反勝為敗（被掉包了）。

：原來如此，逆轉二人組的命名居然有這層深意。

「如此這般，可以讓我向貓魔小姐提問嗎？」

「可以喔，這就是所謂的自作自受吧。」

「呃——貓魔小姐，您在前陣子邀了三位朋友一同遊玩棒球遊戲，卻涉嫌挑選人類史上最為劣質——俗稱爛球大聯盟（註：典出電玩主機Wii的遊戲「棒球大聯盟Wii 完美守護神」，該遊戲的問題極多，亦是2008年的年度劣質遊戲冠軍）的遊戲。關於這份罪嫌，以上陳述應當無誤？」

「又、又不是什麼大不了的事！不過就是玩了個劣質遊戲，為什麼貓魔我就得召開道歉記者會呀！」

「請別在那裡裝蒜了！其中一名朋友因為看了裁判拚命把屁股對著投手做出裁決而爆笑到快斷氣；另一名朋友雖然參加過棒球隊，卻因為遊戲內容過於震撼而忘記了何謂棒球，患上了投球失憶症；最後一名朋友則是在進行名為攻略主線的苦行之際，於即將破關時出現了當機現象而精神崩潰。我要妳為三人走調的人生負責！」

「妳也把受害的狀況講得太誇張了！向貓魔最喜歡的爛球大聯盟道歉！」

「如果要說到這個份上，那妳也一併向因為喜歡原作所以用了硬擠出來的零用錢購入爛球大聯盟的小朋友道歉呀！」

兩人以電光石火般的節奏爭執？了起來。她們的口舌之爭過於激烈，甚至連詩音媽咪都找不到吐槽的時機。

反而是觀看這齣戲碼的我們都笑到快要斷氣了……

「這、這說得太有道理了喵！但貓魔我不能在這裡落敗！放心吧，貓魔並非孤身一人！有著雙下巴的紅色彗星（註：典出遊戲「Gundam 0079: The War for Earth」，本作在過場動畫中飾演紅色彗星「夏亞」的演員有明顯腴態）！看起來就打不了麻將的邪西（註：典出麻將遊戲「JANLINE」，因為長得像是邪惡版的耀西而得名）——應該說是綠色的不明生物！只是從一階階梯的高度摔落就會死掉的探險家（註：典出遊戲「地底探險」）！還有形形色色的夥伴都站在貓魔這邊！」

「這不是連一個正經的同伴都沒有嗎！妳該住的地方不是納薩○克大墳墓（註：典出小說《OVERLORD》的地名），而是納薩○克大糞墓啦！」

「喵喵！居然被妳先下一城！我就送妳一尊邪神像作為獎勵吧。妳想要查克拉翻跟斗（註：麥當勞於2010年贈送的玩具，雖是漫畫《火影忍者》的角色「佐助」，成品品質卻相去甚遠）、邪神魔柯絲（註：典出遊戲「異度傳說2」以女主角「KOS-MOS」為形象的特典贈品模型，因做工慘烈而被安上了邪神渾名）還是邪神劍兵（註：指遊戲「Fate/stay night」女主角劍兵的盜版模型）？」

「我雖然一個也不認識，但至少知道只要拿了就一定會後悔。」

『容我打擾一下！剩下的時間不多，差不多該收尾了！』

詩音媽咪似乎無法坐視超時的狀況發生，下定決心打斷了兩人的對話並提醒她們。

「嗚……事已至此，只靠還和貓魔前輩的力量似乎沒辦法讓這齣戲碼好好收場。既然如此，您不覺得這下只能讓有好好看過這兩場道歉記者會的第三者做出裁定了嗎？」

『咦？』

「喵，的確是這樣呢。那就交由詩音定奪吧。」

『咦咦咦……』

「「好啦，詩音（前輩），最為優異的道歉記者會——是哪一方？」」

『妳們兩個都有必要為了道歉記者會再開一次道歉記者會啦！』

在詩音媽咪使出渾身解數吐槽的同時，鬧鈴也隨之響起，密度過高的三分鐘就此結束。

而最後一場雙人短劇也隨之落幕。

：別把收尾的工作丟給主持人啦www

：不過之前也有兩個人把吐槽的工作扔過去，算是彼此彼此吧？

：宛如狂風暴雨般的三分鐘。

：貓魔的知識量深不見底……

：好啦，會是哪一組勝出呢……

『那麼，接下來就詢問兩位的感想吧。小還覺得如何？』

「總覺得有些摸不著頭緒呢。」

『妳不是當事人嗎？』

「但很開心所以ＯＫ！」

『這、這樣呀……貓魔的感想呢？』

「妳剛才的停頓是怎麼回事？」

『搧爆妳喔。』

「喵喵？呃——由於小還配合著我的步調，表演起來很輕鬆呢！」

『這才對嘛。那麼，總之先把大家集合起來吧。』

好啦，終於來到緊張刺激的排名公布時間了。

雖然大家都加入了通話，但全都安靜地等待著結果。

儘管我覺得自己的表現得心應手，但究竟如何呢——

『那麼，現在公布冠軍！將場子炒得最為火熱、留下最深刻印象的是——直播意外惡人組的兩位啊啊啊啊！』

「「唔！太棒啦啊啊啊！」」

在眾人百感交集的場合之中，我和聖大人同時發出了欣喜的喊聲。

我高高地舉起雙手，儼然是哥倫比亞的化身（註：典出日本長壽節目「賓果猜謎Attack25」。2006年的節目中，參賽的男子在答對最後一題的答案「哥倫比亞」時，擺出了高舉雙臂的姿勢）。

『默契十足這點似乎大加分，深獲觀眾的喜愛呢。』

「發財發財發大財啦！好咧，下次大家就一起去吃牛排吧！我和聖大人請客！」

「真是個好主意。想參加的直播主就來和聖大人報名吧。當然，即使沒參加這次企畫也沒關係。不如說同樣歡迎Live-ON的工作人員前來參加呢。讓我們度過一個美妙的夜晚吧。」

聽到我和聖大人的吆喝聲，原本感到失落的大家也隨之發出了歡呼。

好耶好耶！果然還是大家一起同樂最棒了！

『呃……妳們真的要請客嗎？要是有那麼多人一起吃牛排，獎金應該會花到見底喔……妳們還有想買的東西吧？』

「咦，十萬圓哪可能買得到YONTORY啊？詩音媽咪您是太累了嗎？」

『居然丟了一個我說什麼都沒辦法好好接受的回答……』

「我早就和淡雪說好了，如果真的拿到冠軍，就要和大家一起去吃好料啦。」

『咦？是這樣嗎？那怎麼不早點說！真是的，妳們是不要寶就沒辦法呼吸的體質嗎？』

呼哈哈哈！大家都看到了嗎！這就是二期生的變態和三期生的王牌所展露的實力！

首次接案

在Live-ON的公司大樓門口——

「——好！」

雖然說是公司，但Live-ON原本就不是走嚴肅路線的風格，是以每每造訪之際，我都能抱持輕鬆的心情。不過，我這次之所以會來，並非為了和鈴木小姐進行例行會議。

想不到！我心音淡雪居然接到了手機遊戲的工商委託！

這是首次接案喔！首次接案！雖說Live-ON對於工商抱持著「看起來不會出問題就接」的柔軟態度，我迄今卻從來都沒接過工商委託。

在那起忘記關台的事件發生之前，剛出道的我只是個毫無亮點的存在，工商委託主要都是由同期之中擅長閒聊的真白白或小光攬下。

儘管在那起事件之後，我的名氣一如字義上地大暴漲，但……呃……形象有點那個嘛。好的，詳細內情就請各位想像了。大家也不會利用信鴿交流國家機密資訊對吧？

觀察Live-ON經常接到工商委託的人們，可以歸納出以下傾向：

詩音前輩：企劃能力與安心感。

真白白：繪畫相關的專業知識和知名度。

小光：活力十足的反應。

小愛萊：對動物的專業知識。

如此這般，可以看出大家都有各自專精的領域。

倘若以這種角度來看我，得到的結果便是如下：

心音淡雪：強〇和女人。

該怎麼辦？這是要各大企業發給我什麼樣的工商委託才好？不僅喜好的對象明確到只有YONTORY一擇，若是再加上「女人」這個關鍵字，根本無異於自取滅亡。這種行事作風，只有滿腦袋咻瓦咻瓦的人才幹得出來呢。如此豪放不羈的個性，相當於將棋棋局一開場就在「金」後面擺上「玉」（註：日語「金玉」有「睪丸」之意），以這種黃腔針對對手的精神進行攻擊，並進一步發起衝鋒。對局棋手肯定會倉皇逃逸，今後想必也找不到其他人願意對局了吧。和某位天才（註：指日本將棋名人「羽生善治」）完全形成對比的愚生名人就此問世。

基於這樣的原因，各大企業自然不會將引以為傲的商品交付給這種荒誕不羈的人物，我更是最清楚這點的那個人。

然而！我現在確實收到了工商委託！這代表我已經被視為一個可以承攬案件的人才了！

不僅如此！這次的工商委託其實不是單純的直播工商，對方甚至還問我：「您願意成為這款手遊的代言人嗎？」完全是超貴賓級的待遇！

雖然不明白對方為什麼如此看重我，但為了今天首次的工商會談，我可是卯足了十二萬分的幹勁喔！

雀躍不已的我，踏著比平時更大的步伐走進公司大樓，詢問今天用來開會的會議室位於何處。看來該公司的案件負責人已經抵達，目前正和我的經紀人——同時也是預計會一同參與會談的鈴木小姐在房間裡聊起來了。

我連忙走向房間，敲了敲房門。

「不好意思！我來晚了！實在非常抱歉！」

「不會不會，是我來得太早了。現在還沒到說定的時間呢。」

「午安，雪小姐，您不用這麼慌張也無妨喔。」

進入會議室後，女性案件負責人和鈴木小姐便對我投以微笑，讓我稍稍放下心來……

接著，在結束交換名片等自我介紹與寒暄後，切入了本次工商委託的細節。

關於我這次要協助工商的手機遊戲——簡單來說，就是讓形形色色的酒類擬人化角色變成偶像，一起鬧哄哄地闖蕩事業。遊戲名稱是「酒偶！」。

這些資訊我在事前便已得知，今天要討論的則是直播內容與形式。

「關於這方面，我打算先請您在說特上稍作宣傳，之後再於預定的日程由淡雪小姐實際直播遊玩的內容，不知您意下如何？」

「好的！關於這點，我其實有想給兩位看的直播相關資料……」

「什麼？」

我將一疊資料遞給負責人小姐和鈴木小姐。這是我自行製作的文本，飽含了我對這次工商委託的重視之情，堪稱使盡渾身解術。

看啊！為了將這款遊戲的魅力無遠弗屆地傳遞出去，我這份直播計畫書已經寫得完美到不能再完美了！

從大綱流程到該說的台詞為止，每個環節鉅細靡遺得連一厘米的偏差都不存在。這即是我的嘔心瀝血之作！喝酒當然同樣免談！

「我這就按照資料向兩位說明喔。」

見兩人露出傻眼的模樣，我不禁感到洋洋得意，並憑藉在黑心企業任職時歷經千錘百鍊習得的三寸不爛之舌說明了起來。

那些混帳就像是介入新婚家庭的婆婆一樣，老是在雞蛋裡挑骨頭。在部門會議上，我光是寫錯一個字就被整整痛罵了一個小時之久。當時我氣到打算把下一次的報表全部改成用外文撰寫──雖然寫不出來就是了。

結果，每天累積下來的怨氣都被我隨便找了名目發洩，這樣的行為卻又招致新的怨氣，導致整間公司陷入了漆黑的漩渦——最終成為黑心企業。

不過，這次我就僅此一回地利用當時練就的經驗吧。怎麼樣？我的說明已經完美到再怎麼吹毛求疵也挑不出任何毛病了吧！

「——以上便是我所規劃的流程。兩位覺得如何？」

呼哈哈哈！在我結束優雅的說明後，兩人連眨眼都忘了，只顧著凝視著我。看來這場會議的趨勢已經完全落入了我的掌心！

這次的工商委託肯定能一炮而紅。在口耳相傳之後，我便會天天收到工商委託的邀約，開拓出商業系VTuber之路！

哎呀，儘管是理所當然，但除了工商委託，我也會讓平時的直播維持一貫的水準喔！接下來可要忙翻啦！啊哈哈哈哈哈哈哈！

「「那個……」」

「是！」

你各位看好啦！接下來就是如雷貫耳的掌聲！我已經可以清楚看見自己在重重歡呼聲之中被連聲稱讚的未來嘍！

「「這個……」」

「嗯嗯！」

「「全數退回。」」

「為什麼啦啊啊啊啊啊——！！」

嗯，因為很不想承認，我一直刻意不去面對，但總覺得當我說到一半時，現場的氣氛就變得有點僵了……

「為什麼？我明明這麼努力，要是只有一小部分也就算了，說要全數退回也太過分了吧？」

「呃，因為……」

「雪小姐，是我事前的通知有誤，實在非常抱歉。老實說，這次工商委託的邀約對象，是雪小姐體內的小咻瓦喔。」

「嗄？」

眼見負責人小姐一副有口難開的模樣，鈴木小姐於是代她說明起事情的原委。

「沒想到您居然自己做了報表……無法接納您的熱忱，我真的深感抱歉。」

「不會啦。那個——我其實也是懷著『我偷偷做了這個給妳們驚喜！很厲害吧！』的心思，所以才一直沒和妳們說，反而是我才需要感到抱歉呢……」

「哎呀哎呀，原來淡雪小姐即使不直播也很可愛呢。」

「妳一個人在那邊傻笑個屁啊？」

「雪小姐，冷靜冷靜，這是工商委託喔。」

啊！糟糕，我一時過於亢奮，變得像是在直播時的心境了。

負責人小姐畢竟是個人類，要是被我用對待其他直播主的方式應對，肯定會嚇得退避三舍吧。冷靜、冷靜，我得冷靜。

「把話題拉回委託上吧……為什麼挑了小咻瓦？雖然我自己講這種話很不妥當，但那可是會引發直播意外的喔？」

「哎呀哎呀，居然預告會發生直播意外，真是嶄新的作風呢！呵呵呵……」

「妳笑屁啊？」

「雪小姐，坐下。」

這位負責人小姐怎麼一副八風吹不動的反應？她不明白將工商委託交給小咻瓦是多麼危險的一件事嗎？

「請解釋一下您的理由！我對這次的委託十分認真，倘若沒有正當的理由，我是不會接受的！」

「理由嗎？那當然是因為！」

「因為？」

「感覺會很有趣呀！」

「妳的腦袋停止營運嘍。」

「雪小姐，回窩裡去。」

啊，我的頭愈來愈痛了……但我也逐漸明白這人為什麼會特地委託我進行工商宣傳了。

依我看來，這間公司對酒的熱情不只投注在遊戲上頭，連員工們都染上了一身酒氣啊！這代表愛酒人士會相互吸引對吧！

「準確來說，既然是以酒作為題材的作品，找小咻瓦小姐實在再合適不過了。況且，我深信交給小咻瓦小姐能讓直播變得非常有趣！」

「哎，或許真的會變得有趣沒錯，但總覺得遊戲的宣傳效果會因而成為犧牲品。」

「哎呀哎呀，您怎麼這麼說呢？小咻瓦小姐雖然行事荒唐，但只要是自己決定的事，就會乖乖地遵守到底不是嗎？」

「我覺得光是行事荒唐這四個字，就足以被這次的委託拒絕了……這會變成毫無規畫可言的一場直播喔？」

「就我看來，能讓小咻瓦小姐好好享受遊戲的樂趣，才是宣傳遊戲的最佳方式。您愛用什麼樣的方法遊玩都沒關係喔！」

「您還真是說得煞有其事……要是看到遊戲內有缺失，我可是會直接說出來的喔。」

「您請您請！我們也對自己推出的遊戲很有自信，儘管放馬過來！」

「唔……」

該怎麼辦，她好像真的很希望咻瓦上場耶……

要接受嗎？要全力以赴嗎？以爛醉的狀態搞工商委託真的會被原諒嗎？

「雪小姐，我認為這次的委託有一試的價值。」

「鈴木小姐……」

見到我陷入煩惱的模樣，鈴木小姐也跟著出言說服：

「在雪小姐抵達之前，我已經和她聊過一陣子了。這位是心音淡雪的真愛粉絲喔。」

「嗄？」

「是的！我是淡雪小姐的重度粉絲，您在敝公司也超有人氣喔！說起來就是因為我們都支持您，才會提出這次的委託！我們完全不在乎您的知名度是高是低，只是想讓淡雪小姐接下我們的工商委託喔！」

「咦咦咦？真的假的……」

這間公司有夠厲害，看來不是在開玩笑……

「身為經紀人的我也認為這次的工商委託可行，所以才會向雪小姐轉達此事的。」

「我想也是……」

嗯，既然兩人都說到這個份上了，想必不是基於一時興起所做出的提議。如此一來，似乎有挑戰的價值。

畢竟，我覺得自己是最能體會「人生無常」這四個字的人嘛！

「啊，您若是願意接下這檔委託，那敝公司稍後便會寄些強○套餐給您，作為我方的一點心意和您直播時的小道具。」

「我接。」

「突如其來的即刻回答。請別把迄今的鋪陳歸零好嗎？真不愧是強○。」

「妳在說什麼鬼話啦？」

「雪小姐，您自盡吧。」

「原本用的不是訓練狗的語氣嗎？等級跳太多了吧？」

「哎呀哎呀～」

如此這般，過了一段時日後——

「各位晚安。呃～今天呢，本人我居然接到了手機遊戲的工商委託了。為此，我打算認真嚴肅、真心誠意地進行本次的直播。（噗咻！）」

：別剛開口就自相矛盾啦。

：語氣明明那麼認真，卻毫不猶豫地動手噗咻笑死。

：噗咻（動詞）。

：您的聲帶被人操控嘍。

：懷疑的居然不是手部動作而是聲帶笑死。

：咦？開喝了？在工商委託直播？真的假的？

：再怎麼說都是在說笑吧w

「咕嘟、咕嘟、咕嘟、噗哈啊啊啊！接工商委託的日子喝的酒真的好爽喔喔喔喔喔喔！」

：大草原。

：這是名言錦句了吧。

：咦咦咦……

：可以請您不要Cosplay嗎？

：別把在特殊環境下喝強〇喝到爽的行為說成Cosplay好嗎？

：居然真的喝起來了……

：這樣沒問題嗎www

「哎唷，大家聽我說啦！我其實也沒荒腔走板到會在接工商委託的日子喝酒，這是有正經理由的喔！」

才剛開台，觀眾們就因為各種因素喧鬧起來了。我只好解釋起開會時所發生的前因後果。

：好消息，連遊戲公司都變得咻瓦咻瓦了。

：東證－196部上櫃企業。

：與其說是上櫃，不如說是下沉了吧。

：哎，一般的公司也不會發委託給小咻瓦吧笑。

：不過我也覺得比起絮絮叨叨地說明，玩得開心似乎更有宣傳效果。

：想被稱讚的小淡真可愛。

「綜上所述，別說是大綱或流程了，我今天打算直接把有委託這件事拋諸腦後，隨興地直播個痛快！我可不管會發生什麼事喔！遊戲公司的傢伙也看清楚了！呸哩呸哩呸——！」

：這也太空前絕後了www

：我還是頭一次看到有人喊出了「呸哩呸哩呸」。

：酒意好像差不多湧上來了呢……

好啦，關於這個叫酒偶的遊戲，其內容就是讓擬人化的酒類角色們和化身杜氏（註：日本釀酒師的頭銜，可視為釀酒師體系的主要負責人）（雖然好像也會出現日本酒以外的酒類，但就不要深究了）的玩家們互相切磋，最終目標是登上決定世界第一酒偶的舞台並拿下冠軍。

畫面上播放著兼具說明世界觀功能的教學關卡。唔嗯唔嗯，就目前來看，似乎沒什麼過於特立獨行的元素。

好啦，接下來就是手遊慣例的轉蛋時間了。這款遊戲的付費系統是用「石頭」轉蛋，看起來和一般的手遊差不多。

「呃——這款遊戲還沒正式推出，這次的是工商用的帳號，所以我的檔案在一開始就帶著一些轉蛋石，這部分還請各位知悉。」

：ＯＫ。

：什麼嘛，不會抽到掛點啊……

：是這樣嗎——？

「好咧！總之先來第一次十連抽吧！目標只有強○一個！我會讓強○變成世界第一的美酒的！」

伴隨金碧輝煌的特效，帶有酒類名稱的角色一一現身了。

喔——……角色設計得好精緻啊……雖然是２Ｄ外觀，但每個人物都動得十分流暢，配音員的表現也堪稱一流。光是看到這裡，我就能感受到遊戲公司投注的心血了。

我邊讚嘆著邊緊盯畫面，等待小強○的登場。而就在第四名角色亮相的瞬間，我忍不住雙眼圓睜，發出驚呼：

「這傢伙難道是——雄性……嗎？為什麼會有雄性出現在這種地方？這怎麼可能？……難道說是負責提供老二的角色？不對，以這個假設而言，他長得也未免太好看了……老二角色要是長得太俊美，可是會招致批評的喔……」

：這反應笑死。

：別把男人說成雄性啦……呃，因為是酒所以還算ＯＫ？

：是亞馬遜女戰士的部落嗎？

：老二角色www妳當這是色情遊戲喔www

：這孩子果然是住在男女比例過於極端的貞操逆轉世界啊。

：哎，不過這遊戲確實有不少男性偶像就是了。

「原、原來如此，的確，即使加入了男性偶像也不是什麼奇怪的事呢……因為我對女人之外的生物完全沒有性慾，就擅自覺得不該存在了……」

我打起精神，再次點擊起轉蛋畫面。

這款遊戲的角色稀有度區分成一星至三星。就我所知，每一種類別的酒類都存在著各個星數的角色。舉例來說——儘管角色同樣叫做啤酒，但分為一星、二星和三星，能力、插畫和服飾都會有所不同，這款遊戲就是這樣的設計。

第一次的十連抽結束了。

「沒出現三星角色呀……無所謂！我的目標只有三星的小強〇一人！在抽到她之前，我都不會停手喔！」

：小咻瓦……

：小強〇她……

：提示，這款遊戲尚未加入和現實酒類品牌有關的角色。

在那之後，我依舊懷著單吊的決心持續抽轉蛋，也抽到了好幾個三星角色。然而不知為何，小強〇的身影卻連影子都沒見著。

而在最後一次十連結束後——

「為什麼啦啊啊啊！」

我連一個三星角色都沒抽到，就這麼抽到掛點了。

「好奇怪……這也太奇怪了……我明明對她投注了比誰都還多的愛意啊……」

為何？為何？為何
為何
為何為何為何為何……

「……原來如此，小強〇，我終於明白了。妳是在測試我的愛對吧？如此這般，我要開始付費了。」

：！

：小咻瓦獲得病嬌屬性了……

：這是酒精成癮嗎？

：咦？這是工商委託對吧？

：在工作中花錢正可謂社畜的末路。

「咦？為什麼我沒辦法按付費按鈕？為什麼？我明明就得將我的愛傳達給小強〇才行呀呀呀呀！」

無論我按了再多次甚至重開畫面，付費按鈕不知為何就是毫無反應。

既然如此……

「——我要聯絡遊戲公司。」

：！？

：為什麼這孩子要在工商委託的時候客訴啊？

：思維繞了一圈後成了天才。

『喂喂，您好。』

「啊，是負責人小姐嗎？我是淡雪。」

『是，我很清楚喔，因為我一直在觀看直播，目前淡雪小姐的聲音也有反映在直播裡。情節發展實在太過震驚，我現在反而冷靜下來了。』

「那就好辦了。請讓我付費吧。」

『我說，淡雪小姐呀，這是用來工商的帳號，只要再過一段時間就會被刪除掉嘍～所以這個帳號是被設計成無法付費的。』

「那請給我另一個新的工商帳號。」

『咦咦咦？』

「不行嗎？」

『呃、那個，雖然說不是辦不到啦……』

「那就麻煩您了。請立刻把帳號給我吧。」

『現、現在馬上嗎？』

「咦？辦不到嗎？應該辦得到吧？您剛剛也說了『不是辦不到』不是嗎？那應該就是辦得到吧？」

『我感受到淡雪小姐正在釋出好強烈的壓力呢！』

：肯定超級困惑的官方。

：用工商帳號刷開局也太嶄新了。

：這效率超棒的啊。但只有被選上的人才能這樣搞就是了。

：畢竟是只能用一次的帳號，所以效率也爛透了。

：感謝施壓，幫大忙了。

「我就是用盡手段也得將心意傳遞給小強〇才行，所以快點、快點給我石頭……」

『呃～……淡雪小姐？』

「是？」

『那個～……雖然相當難以啟齒～不過～』

「您都把我的企畫書全數打回票了，現在還有什麼不好啟齒的！有什麼話就快點說吧！」

『好吧……呃，雖然澆熄您的這份熱情讓我感到於心不忍……但這款遊戲裡，並不存在名為強〇的角色喔。』

「嗄？」

『因為仍有著作權一類的問題，不只是強〇，所有和特定商標有關的角色目前都無法加入喔……』

「…………………」

我的腦袋當機了好幾秒，任憑沉默的時間流逝。

「咦？所以說我沒辦法和小強〇見面嗎？無論再怎麼努力抽轉蛋，我的愛情也絕對傳遞不了嗎？」

『是的……』

……咦？

「咦，這不就是劣質遊戲嗎？」

：小咻瓦啊啊啊啊啊——！？

：wwww

：喂喂喂喂喂喂——！

：講了在工商委託時絕對不能說出的詞彙www

：工「傷」委託。

：不管從哪邊剪輯精華都會變成直播意外的女人。

：直播意外的擬人化角色。

：虛擬碰瓷專家。

：即使聽不見官方的聲音也能輕易地推敲出對話內容笑死。

『淡、淡雪小姐請冷靜！這款遊戲有位名為「檸檬氣泡酒」的女生喔！』

「少囉嗦，給我住口！小強〇是獨一無二的存在！拿這種閒雜人等來濫竽充數，未免太失禮了吧！」

『不是的！這款遊戲可以幫酒冠上別名，還能透過強化系統變更原本的能力喔！』

「哦？」

『換句話說，若是將三星的檸檬氣泡酒妹妹掛上強〇的名稱，並施以特殊的強化方式，或許就能在淡雪小姐的努力之下催生出小強〇的存在喔！』

「您、您說什麼！」

我那顆在轉瞬間沉入地底、被黑暗埋沒的心靈，再次受到了光芒照耀。

「這是神級遊戲呀！」

『哎呀哎呀，您評價遊戲的基準似乎發生了很嚴重的錯誤呢。』

「聽您這麼一說，我得盡快抽到三星的檸檬氣泡酒才行！既然沒辦法付費，就請您快點給我新的工商帳號吧！」

『您還真的不肯放棄耶……您不是抽到二星版本了嗎？這樣也不滿意嗎？』

「小強〇只能以最高級稀有度的形式存在，古事記（註：日本最早的歷史典籍）也是這麼記載的吧？我要用不敬罪將您法辦喔？」

『我想那應該不是古事記，而是誤字記喔！』

在那之後，我順利再次收到了工商用的帳號，於是在向觀眾們說明原委的同時，重新讓遊戲進行到可以抽轉蛋的階段。

「好咧！拜官方之賜，我又能再來抽一輪轉蛋了，我要從頭再來啦！目標是三星的小檸檬氣泡酒！我會將她好好調教一番，成長為頂天立地的小強○！」

：居然叫委託人「少囉嗦閉嘴」，失禮的根本就是妳吧ww

：小檸檬氣泡酒！快逃啊！

：古事記表示「小強○只能以最高級稀有度的形式存在。」

：別在古事記上面亂加字啦。

：八咫鏡、草薙劍、八尺瓊勾玉（註：八咫鏡、草薙劍、八尺瓊勾玉被合稱為日本三神器）、強○。

：聽起來沒毛病啊。

：您的感性掛掉嘍。

：別把時代錯誤遺物（OOPARTS）放進去啦。

：別把內褲（OPANTSU）放進去？難道是不穿主義者？

：我還是第一次看到有人連用寫的都能聽錯。

：我大膽假設小咻瓦其實就是強○大神。

：既然是不存在的傢伙，沒有假設的意義吧……

氣勢如虹的我再次潛入了轉蛋之海。然而，光是抽到三星角色就很不容易了，想在眾多角色之中單吊特定的存在更是難上加難。

結果第二輪的石頭也在轉瞬間消耗殆盡，我只落了個揮棒落空的下場。

「我稍微打個電話……」

『喂喂？』

「安可——！安可——！」

『哎呀哎呀，我都要對您心生敬意了呢……』

我再次用新的工商帳號補充石頭，挑戰轉蛋。

但這次也不行！小強〇沒有收到我的心意！

「我稍微打個電話……」

『喂喂？』

「Alcohol！Alcohol！」

『哎呀哎呀，現在想要來點酒精的反而是我呢！』

在那之後，我進行了一次又一次的復仇戰，但似乎因為運氣不好，積累下來的只有帳號的屍體和時間而已。

都抽了這麼多次，如果真的抽到，應該還是能帶來一些效果吧。只不過……

這個遊戲若是想刷開局，一定得花上一些時間跑完新手教學。雖說我一開始不怎麼在意，但在陷入毫無進展，只是不斷地重複抽轉蛋的狀況後，我身為直播主的專業意識也開始感到不安了。

想必也有人會說：「都在工商委託搞成這樣了，現在才覺得不對勁會不會太晚啦？」這種大道理我也確實完全無法反駁。但就我個人而言，說什麼都想讓直播內容維持一定程度的有趣水準。

在工商委託刷開局的行為雖然一開始很有趣，但基本上都是重複著相同的光景，想必觀眾們也漸漸看膩了吧。雖說都抽了這麼久，和我一樣期盼能抽到小強〇的觀眾應該為數不少，然而還是得避免一直原地打轉的狀況。

以工商委託來說，我該展示的不只是抽轉蛋，也該秀一下遊戲的實際內容。而若是顧慮到這方面，考量到直播的時長，不把這次的帳號當成最後一回就有點不妙了……由於我是從晚上九點開始直播的，觀眾想必會隨著入夜而逐漸減少，作為工商委託，我也會為此感到過意不去。

「唔，不行嗎……難道沒救了嗎……！」

但即使是最後一個帳號，命運女神也並未因此對我微笑。依舊沒有抽到小強〇的我，只能看著石頭接連消失。

就在我飽嚐絕望之際，石頭的數量終於只剩下能抽最後的十連抽了……

「嚄啊啊啊啊啊！？」

居然出現了確定會抽到三星角色的特效！

「來了！最後的最後出現這種特效，代表走勢完全倒向我這裡了！身為藝人的小強〇果然很懂該在什麼時機登台亮相呢！」

……！

……幹掉了嗎？

……我……在抽到小強〇之後就要回老家結婚了。

……贏定啦，我這就去挖個浴池。

……一堆人同時立起旗標笑死。

「好啦，歡迎光臨呀小強〇啊啊啊啊啊…………啊？」

伴隨閃閃發亮的特效現身的人物是——

『哦……你就是咱的杜氏嗎？嗯，看起來挺不壞的嘛。』

她名為小白酒，是有著銀色短髮，帶著中性氛圍的嬌媚少女。

有好一段時間，我就這麼呆呆地凝視著畫面裡的小白酒。

不對，雖說沒抽到小強〇一事同樣讓我很震撼，倘若出現的是其他角色，我應該會做出哭天喊地的絕望反應。但這個角色……

「讚……好讚……就像真白白一樣……」

儘管迄今我也抽過一星和二星的小白酒，但都是罩著兜帽的造型，是以看不清楚長相。但仔細端詳露出整張臉孔的三星版本後，我發現她無論外觀還是個性都和真白白如出一轍，徹底擊中了我的癖性好球帶。

我以為這次轉蛋不是大獲全勝，就是輸得體無完膚，才會對這樣的發展感到困惑……我究竟該做出什麼反應才好？

總之我關掉了轉蛋畫面。回到遊戲首頁後，小白酒的全身圖便一覽無遺。遊戲這部分也做得相當用心，若是觸碰角色的身體，便會針對玩家觸碰的部位做出反應，還會說出特定台詞。真可愛。

「呼嘻、呼嘻嘻、喔呵——（´ω`）」

：噁心死了笑死。

：糟透了。

：妳是從哪裡發出這種聲音的啊？

：給我用力從屁股出聲啊。

：→這位仁兄請注意，您已經不正常了。

我觸碰著她的頭部和看似柔軟的部位，讓以咱自稱，反應有些冷淡的小白酒療癒著我見不到小強〇的心傷，也逐漸恢復了原有的幹勁——就在此時。

我的視線被一句留言吸引住了。

：小白酒是男生喔。

——嗄？

「咦？剛剛的留言是真的嗎？咦？這孩子是男生？咦？這有可能嗎？這麼可愛的孩子如果是男生，我就會朝著雞〇二刀流的方向變成兩性兼具的身體喔？」

：咦？

：是男人喔……

：這就是所謂的偽娘吧。而且並非刻意為之的類型，是純天然的那種。

：別用那種若無其事的口吻說出不得了的內容啦。

：既然蛋蛋有兩個，那棒子有兩個也不是什麼大不了的事吧。

：你的胯下是宮本武藏不成？

我慌慌張張地開啟了小白酒的詳細資料頁。

……真的耶，性別上頭記載著「♂」。不會錯的，這孩子是個男生。

「喔——……所以說這孩子明明長成這樣，下面卻多了一根啊……………哦——……」

……………戳戳。

『呀啊？妳在碰哪裡呀！』

：別碰人家胯下啦www

：哎呀哎呀，這充其量只是確認角色性別無誤的手段並沒有其他意圖才對。

：別做出這種像是沃〇金上校（註：遊戲「潛龍諜影3」的反派角色）的確認方式啦。

戳戳……戳戳……戳戳……

：是要戳幾次www

：一句話都不說在那邊狂摸胯下有夠可怕。

：大家，我們還是忘記這是一場工商委託吧。

：還真的一直戳耶笑死。

戳戳……戳戳……戳戳……戳戳……

：喂喂這傢伙不太妙啊！她已經摸了超過十分鐘啦！

：聽說有個在工商影片裡一直安靜地亂摸男性角色胯下的直播主，真的假的？

：這是你們主推的偶像吧，快想點辦法啊。

：摸成這樣，小白酒也差不多要去了吧。

：好想喝小白酒的白酒。

：總覺得看到了一些不該入目的留言。

「——嗯！我得出結論了！」

有好一段時間，我的腦海裡爭論著小白酒的存在是好是壞。如今總算理出了一個答案。

「既然都可愛成這樣了，多一根反而是賺到啦！」

偽娘完全不成問題呢！

：樹海。

：感同身受。

：太棒了，我這就去買女裝溪谷。

：這麼可愛的孩子才不可能是女生。

：這個人的聊天室裡還真是猛將如雲。

「不不，你各位其實可以想得更簡單一點。假設有兩把基礎性能完全相同的武器，其中一把附有屬性，另一把沒有，一般來說都會選有屬性的武器吧？就是這麼回事。」

：好了，無話可說了吧。

：感覺雖然多了一根，卻也少了些無法彌補的東西耶。

：哎男人也可以懷孕啦。

：？

：我前陣子讀過一本偽娘同人誌，裡面的角色被負責提供老二的大叔狂抽猛送後在屁股裡面形成了子宮所以不會錯的。

：！？

：太莫名其妙了笑死。

：這是在抽送之際下足了苦功，才能把屁股裡面鑿出子宮的形狀啦。

：天才。

：哪來的能人巧匠？

：一連串的留言看下來全都有問題也是很罕見的喔。

：把閱讀同人誌學到的知識當真實在太純真了超級喜歡。

：畢竟是健康教育的教科書，會相信也是沒辦法的事。

「呼嘿嘿……小白酒好可愛喔……好想讓你墮落成雌性……下次就在現實裡讓真白白墮落成雌性吧……」

：這是工傷（以下省略）。

〈彩真白〉：咱已經是個雌性啦。

「真白白！」

：喔喔喔喔喔喔喔喔喔？

：真白白，妳這發言是不是有點不妙……？

：神消息，彩真白小姐承認自己是個雌性了。

：果然早就做了嗎？

：能活到現在真是太好了。

〈彩真白〉：不不，咱只是說咱的性別是女性啦。

：感覺真白白的臉很紅。

：尊貴到我要死了。

：（破壞力）也太大了吧……

：雌白白。

〈彩真白〉：咱是有些在意她能不能把工商委託好好完成，但看起來為時已晚，所以咱要回去了。

：大駕光臨啦！

：啊～啊～……啊～

：開心到講不出話來笑死。

：小咻瓦！妳不管小強〇了嗎！

「啊！」

對、對啦，小強〇！雖然被小白酒的可愛程度和真白白的雌性發言吸引了注意力，但我之所以這麼努力地抽轉蛋，為的就是得到獨一無二的心愛之人——小強〇不是嗎？

然而時間已經所剩無幾……按理來說要用來介紹小白酒的時間，也因為我花了整整十分鐘摸他胯下，不得不就此放棄。如今的時程便是如此緊迫……

「小強〇……大家確實也很想看呢……可是時間已經……」

該怎麼做？我雖然很想看小強〇，但既然是轉蛋機制，實在無法評估還得花上多少時間才能抽到檸檬氣泡酒。況且因為沒辦法付費，自然也沒有天花板的機制能用。

再加上眼前的小白酒實在太過可愛，讓我的內心湧現操控他開始遊玩的念頭。

：這也沒辦法啊。

：畢竟是看運氣的遊戲嘛，妳已經很努力了！

：小白酒很棒喔！

大家也體諒著我，紛紛留下溫柔的話語。嗚嗚……謝謝大家……

啊……但背著小強〇偷吃，總覺得依舊有些良心不安……

「————對啦！」

根據負責人小姐剛才的說法，這個遊戲是可以對小白酒命名的！

「呃——這邊就是可以命名的頁面嗎！好，那就這樣做，然後這樣設定的話——」

【強〇（白酒口味）】

「好啊啊啊啊啊啊啊這下就行了吧啊啊啊啊啊——！！」

：笑死。

：完全是蠻幹啊www

：您確定要用這個名字嗎？

：雖然對喊得自信十足的小淡感到抱歉，但除了妳以外的所有人都感到困惑啊。

：被這樣命名的小白酒多半也感到困惑。

『強〇（白酒口味）……是我的名字嗎？哦——妳挺有品味的嘛。』

「那當然。」

：光用三個字就能把囂張的態度表露無遺，好厲害。

：別覆蓋別人的存在意義啦。

：小白酒，快清醒過來！

：所謂的品味云云八成是在酸吧。

：檸檬氣泡酒妹妹不來的原因應該就是取名吧？

如此這般，我總算能擺脫轉蛋畫面……太好了……

「有些漫長的新手教學終於結束了！既然已經靠著轉蛋恢復幹勁，那就來享受遊戲內容的啦！」

在那之後，我並未遭遇類似轉蛋那樣的難關，以相當順暢的步調遊玩著遊戲內容。

實際遊玩後，我才體會到這款遊戲製作得極為精緻。遊戲內容不只是培育偶像，每個三星角色都有自己的故事，這些故事可以感受到以頂尖偶像為目標的少女們所心懷的苦惱、糾結和成長，相當值得一看。

小白酒儘管平時表現得相當冷酷，但其實內心蘊藏著強烈的熱情——這樣的角色設定讓我大呼過癮。遊玩到一半時，我就已經把工商委託的事拋諸腦後，只顧著享受劇情了。

而出賽當天——

『好，咱出發了。』

「抬頭挺胸地上吧。被鍛鍊到極致的你，已經是個名副其實的小強〇了。」

：強〇（白酒）表示「不不，我是白酒啊……」

：強〇終於要站上世界舞台啦！

：讓全世界都為之醉倒吧！

：日本變態飲料（Japanese hentai drink）。

：到底是白酒還是強〇？說清楚啊！

當天夜裡，強〇就這麼成為了世界第一的美酒——

工商委託的隔天，清醒的我立即撥了通電話向遊戲公司道歉，但對方不僅沒有斥責，反而還感謝了我一番。

看來直播的回饋相當良好，遊戲下載次數從昨晚就是一飛衝天。看在原本制訂了縝密計畫卻被打回票的我眼裡雖然有些五味雜陳，但既然是圓滿收場，就當成是好事一樁吧。

一段時日後，或許是工商委託的成績傳出，定期有不少廠商捎來了委託。

……但委託的對象都是小咻瓦。

「日向小姐，您待在這裡啊。」

「喔，這不是鈴木卿嗎！妳居然找得到我呀？」

Live-ON公司裡有好幾間用來開會的小房間。而最上日向——又名朝霧晴的女子正隻身待在其中一間小房間裡，坐著打開了筆記型電腦。

「我剛剛看到您朝著這間房間走去，剛好也到了休息時間，所以就過來看看了。我也可以待在這裡嗎？」

「請喔請喔。」

鈴木坐到了晴的對面。

「很好很好，既然鈴木卿找到了我，就送妳這個作為獎勵吧。」

晴將手伸進身旁的包包摸索了一番，從中掏出某個物品遞給鈴木。

「……這是什麼？」

「是甲〇王者的卡片呀？」

「不不，看外觀我是認得出來的。不過……」

望著散發強烈光芒、繪有甲蟲圖像的一疊卡片，鈴木不禁露出困惑的神情。

「我可是湊齊所有種類嘍？」

「那可真是厲害。但我感到不解的，是您為何會隨身攜帶，還選擇在這種情況下送給我作為禮物。」

「咦……妳不喜歡甲〇王者嗎？」

「您為什麼會因為甲〇王者對我露出這麼難以置信的表情？那可是甲〇王者喔？如果不是十幾年前的小朋友或是熱愛昆蟲的人，就算收下也只會覺得尷尬吧？」

「啊，原來如此，是這麼回事呀！」

「您能明白真是太好了。」

「鈴木卿喜歡的是恐〇王對吧！放心，我也有帶在身上喔！」

「您的那個包包該不會是四次元口袋？」

這次晴遞出了繪有恐龍圖像的一疊卡片——不過表情看起來有些過意不去。

「對不起喔，鈴木卿……雖然對喜歡恐〇王的妳很不好意思，但我獨缺山東龍的卡片……」

「您即使對我道歉，我也完全想像不出山東龍是長什麼樣子的恐龍呀。還有，我也不喜歡恐〇王。」

「咦——鈴木卿……妳這輩子白活嘍。」

「日向小姐，您這種只把這兩種東西視為人生一切的觀點才該好好重新檢視喔。」

「不過甲〇王者和恐〇王都很厲害喔？」

「呃，我是知道那很厲害啦，遺憾的是和我的喜好徹徹底底不對盤。」

「……啊，抱歉，鈴木卿！我終於明白妳想要的東西了！妳想要的是『鈴木卿(King)』對吧！」

「啊？咦……嗯？」

被這麼說的鈴木一頭霧水，不禁偏了偏頭。而晴則對她露出了困惑程度不相上下的表情。

「咦？難道這次也猜錯了？」

「呃，我是有些聽不懂您的意思……鈴木卿指的是我對吧？您說我想要的是我，那到底是什麼意思呢？」

「不不，是『鈴蟲攀木王』，簡稱『鈴木王(King)』喔。」

「能請您別把亂七八糟的東西變得更加亂七八糟嗎？就算把鈴蟲增加其他版本，也沒辦法招攬客群喔。甲蟲或恐龍我還能理解魅力所在，但鈴蟲再怎麼努力終究還是鈴蟲吧。」

「我有帶在身上喔？」

「居然真的有嗎？欸，好厲害！」

晴三度將手伸進包包。見她拿出了畫有精緻鈴蟲圖像的一疊卡片後，鈴木不禁發出驚呼聲。

看到她的反應，晴這才像是感到滿意一般。

「嚇了一跳吧！這可是我特地為妳製作的！」

「您這輩子都白活了。」

「我對這種事再清楚不過了。」

在一陣調侃後，兩人之間總算醞釀出嚴肅的氛圍。

朝霧晴這名女子在對話之初，常常會夾雜著讓人摸不著頭緒的耍寶行為。儘管鈴木總是被她耍得團團轉，但直覺敏銳的她早就明白，這是晴用以緩解對方緊張感的一套方式。

「您在這裡做些什麼呢？」

「在為演唱會做準備呀。畢竟要做的事情多如山高嘛。」

「是這樣呀。請讓我再次為您願意登台演出一事致謝。」

「啊哈哈，還不是因為我拗不過鈴木卿三番兩次的邀約。」

「……我不過是個性固執一點罷了。但其他的公司成員肯定都和我抱持著相同的念頭。」

「這話雖然讓我很開心，但也讓我感到相當害臊，變得沒辦法在大家面前露臉呢。」

「咦？為什麼呢？」

「喏，我之前不是已經解釋過舉辦這場演唱會的理由了嗎？」

「啊，原來如此。」

實際上，在承諾會舉辦演唱會的隔天，晴便召集公司的所有成員，說明自己這次點頭的原因。

「才剛說過那種話，我實在很難去見他們啊，所以才會孤伶伶地躲在這裡工作。」

「大家肯定都會溫情滿滿地接納您的喔。」

「我就是不喜歡那種關愛的眼神啦～」

看到晴害臊地露出憨笑，鈴木不禁對她投以關愛的視線。

朝霧晴不僅是Live-ON的一期生，也是公司的棟梁——憑藉那副嬌小的身軀，扶持Live-ON成為業界的人氣團體，展露的風采讓鈴木十分憧憬。

由於差不多該回到工作崗位，鈴木於是在最後問了一個她惦記已久的疑問：

「……您為什麼挑上雪小姐呢？」

「啊——……妳說驚喜的事？」

「是的。」

「這個嘛……嗯，是鈴木卿的話應該可以說吧。畢竟妳是咻瓦卿的經紀人，會特別在意也是很正常的——但可別和她本人說喔？看到她人氣暴漲的模樣後……作為Live-ON一期生的我，頭一次覺得肩膀上的重擔被卸下了。」

「…………」

「剛剛說笑時，鈴木卿也曾提過嘛。重新檢視自己的人生——那的確是讓我萌生這個念頭的契機。」

「原來如此……謝謝您。」

鈴木想知道的就只有這個答覆。準備回辦公室的她站起身，走到了房間門口。

這時，她再次轉頭看向晴——鈴木凝視著晴，展露笑臉，於臨別前說出了一直想說的話語：

「辛苦您了，日向小姐。」

「……嗯。」

起先雖然露出了有些訝異的表情，但晴隨即報以笑容。

「妳雖然年輕但相當優秀，很快就能出人頭地喔。Live-ON的經營就交給妳啦。」

「好的……………那麼，請恕我失陪了。」

兩人無言地凝視彼此。在歷經宛如永恆，又宛如瞬間的時光後，鈴木這才走出了房間——

和晴前輩一同上課

「好耶！這下就算是順過一輪了吧。」

「謝謝您！」

我如今正待在東京的某處工作室，與晴前輩一對一地上著聲樂課。

前幾天，我總算接到了鈴木小姐的通知，得知我要在晴前輩的個人演唱會尾聲合唱的新歌已經製作完成。今天是重要至極的新歌練唱日。

這天，我和晴前輩夾雜著少許的休息，持續練習——直到我倆都精疲力竭為止。

若只是照本宣科，未免顯得過於怠忽。為數眾多的客人都是付錢入場的，加上又是晴前輩的風光舞台，是以我說什麼都得把這首好歌唱出百分之百的高水準。

這一整天，晴前輩將有限的時間全用來對我傾囊相授——包括了和聲技巧以及蘊藏在歌詞之中的纖細情緒等。拜此之賜，我才能好好理解這首歌的創作意圖，將這首歌唱到及格的水準。

「哎呀，真不愧是咻瓦卿，妳那渾厚美妙的歌聲完全是天賦之才啊。尤其在唱起直率的歌詞時，妳的歌聲更是能強而有力地敲響心扉呢。」

「謝謝您。但就技巧層面而言，我還遠遠不及晴前輩喔。」

「唱歌這檔事啊，看的是誰更能震撼聽眾的心靈喔，技術不過只是輔助而已。啊，但我可不覺得自己輸給妳嘍！我也對唱歌有幾分自信呢！」

「這我很清楚喔。然而我也不覺得自己輸給您就是了。」

「呵呵呵，這才像話嘛。」

我也是今天才從她口中得知，晴前輩似乎在我、詩音前輩和聖大人一起合作唱卡拉ＯＫ那時，就暗中把我當成唱歌方面的對手，所以才會像剛剛那樣，動不動就提到自己沒認輸之類的。

哎呀，不僅講話有趣又有人望，很會唱歌又很可愛，這人難道是無敵的存在嗎？

順帶一提，誠如我剛剛主張的不認輸發言，現在的我已經有了能抬頭挺胸唱歌的自信。

眼下我雖然沒有喝酒，卻掌握了當初喝過強○後心情愉悅地開嗓的感覺，是以即使沒有喝酒，我也能夠用和小咻瓦狀態別無二致的嗓音開唱。我也是最近才察覺到，懷抱自信能改變的事情居然有這麼多，讓人不勝感慨。

話雖如此，但處於小淡模式的我，心靈終究沒有小咻瓦那樣強大，在該緊張的時候還是會緊張的。

「話說回來，晴前輩真的很厲害呢。」

「哦？怎麼沒頭沒尾地稱讚了起來？」

我剛剛所說的，都只是單指唱歌實力這方面而已。

透過今天的練習，我察覺到晴前輩另一個了不得的本事——那就是理解能力。

今天的新歌雖然有著餘音繚繞的美妙旋律，但老實說，這首歌的歌詞稍嫌艱深難解。不過儘管難用言語形容，然而這首歌的歌詞確實有將言語的分量融入其中。

晴前輩卻在轉瞬間理解歌詞的意涵，並告訴我填詞者的心境和用意。

相較於首次看到歌詞，當我理解歌詞背後的意義，便對同一首歌曲抱持了完全不同的想法。

倘若讓我獨自拆解其背後的心境，還真不曉得得花上幾天幾夜。

由於有過這段親身體驗，我才會衷心地向晴前輩送出讚賞之言。不過——

「能看懂不是很理所當然的嗎？因為作者就是我呀。」

——我整個人愣住了好幾秒。

「咦……作者……什麼的作者？」

「歌曲。」

「是晴前輩做的？」

「嗯。作詞、作曲和編曲都是我喔。」

這句話讓我過於震驚，連話都說不出來了。

這麼厲害的歌曲，居然是她一個人創作出來的？直到這一刻之前，我都以為是找了作曲家界的泰斗出馬呢。

我就覺得奇怪，明明是來練唱，卻沒有看到作曲家的身影，原來是這麼回事啊。作曲家本人早就來到我面前了。

這人到底是怎麼回事？究竟要打破多少人類的極限才甘心……

「由於Live Start不是寫給我自己的曲子，我沒有參與製作。但既然要作為個人演場會的收尾曲，我便打算任性一回，努力把這首歌寫出來嘍！」

「原來如此。儘管讓人有些百感交集，但既然是晴前輩，感覺一切就都說得通了。不過，這麼重要的曲子讓我一起唱真的好嗎？」

「嗯！這首歌就是要和咻瓦卿一起唱才有意義喔！」

「喔……」

雖然我不是很懂，但既然晴前輩這麼希望，我就好好回應吧。

要是沒有晴前輩，我說不定現在就不會待在這裡。為了報恩，我一定要讓這次的表演完美收場！

「那麼——差不多該回去啦〜咻瓦卿……奇怪？」

「嗯？怎麼了嗎？」

「沒事，雖然慢了好幾拍，但現在的妳一點也不咻瓦，所以應該不能叫妳咻瓦卿吧？正確來說是淡淡卿？」

「啊，原來您要說的是這個呀。您不管怎麼稱呼都沒關係喔。」

「ＯＫ，那以後只要是沒喝酒的狀態，我就都叫妳淡淡卿！那麼淡淡卿，我們該回家啦。我開車送妳回去吧。」

「好的！謝謝您！」

「我說，淡淡卿呀。」

「是？」

「妳是不是有事情想問我？」

在我坐在副駕駛座感受著車身的震動，讓晴前輩載回家的路上，她突然這麼問了我一句。

「……您為什麼會這麼認為呢？」

「妳都寫在臉上啦。我這人很敏銳的，所以看得出來。」

真是的，總覺得和這個人對話的當下，心思都像是被看得一清二楚似的。

「……那麼，晴前輩，我能問您一件事嗎？」

「嗯，什麼事呢——？」

我雖然一直很猶豫該不該問出口，但既然對方都主動提起，繼續逃避感覺就有些窩囊了。於是，我說出了之前和鈴木小姐對話之際所湧現的疑惑：

「您為什麼願意舉辦這次的個人演唱會呢？聽鈴木小姐說，她之前也邀您舉辦過各式各樣的活動，但都沒讓您點頭同意呢。」

「嗯嗯，原來如此——」

「難道說……您打算舉辦的是告別演唱會嗎？」

聽過鈴木小姐的陳述後，我用小得可憐的大腦思考了好幾天，最終想到這個最為糟糕的可能性。

因為告別在即，想以演唱會劃下完美句點——察覺到這個可能性之後，我的內心就一直七上八下，難受的感覺遲遲無法消褪。

「……哈哈哈哈！沒啦沒啦沒啦沒啊！」

晴前輩豪邁地大笑了幾聲，將我內心的不安吹到九霄雲外。

我能感受到內心的大石落下。聽到她的回答，上車後就一直沉著臉的我總算自然而然地展露笑容。

「也、也是呢！真是不好意思，我問了個怪問題……」

「真的很怪耶！像我這種人才，可不會因為這點成就就停下腳步喔！」

「居然說『這點成就』……您現在不是已經站上VTuber的頂點了嗎……倘若如此，您又是為什麼願意舉辦這次的演唱會呢？」

「……欸，淡淡卿，妳有做過ＩＱ測驗嗎？」

「ＩＱ測驗嗎？我沒做過呢。」

「這樣啊，我有做過。測出來的ＩＱ是１６０喔。」

「喔——」

由於我不曉得ＩＱ的測量基準，就算聽到這個數字也不知道是高是低，只能做出不置可否的反應。

「喔，到妳家嘍！今天辛苦啦！」

「咦、咦咦？那個問題的回答呢？」

「剛剛的回應就是答案喔——喏，要是臨停太久會給人添麻煩的，所以下車下車！」

這麼說著的前輩將我趕下車，留下一句：「下次再見！」後便揚長而去。

真搞不懂，我完全搞不懂她在想什麼！

「……咦？」

而回到家之後，對ＩＱ話題感到在意的我稍作調查，又再次大吃一驚。

據說ＩＱ只要超過１３０，就會被視為天才。

換句話說，ＩＱ有１６０的晴前輩，即使說是天才中的天才，應該也不為過。

「……不對，為什麼這會被當成那個問題的答案呀？」

不行，我的腦袋完全無法理解晴前輩的言行舉止……我已經累壞了，今天就大睡一覺吧。

真是的，晴前輩到底要讓我吃驚多少次呀？我已經連數起來都累了……

第二章

無情無義的恐怖遊戲

隨著演唱會的日期將近，我最近也逐漸變得嚴肅起來。

輕忽大意會招致失誤，所以在演唱會到來之前，我得持續保持著恰如其分的緊張感——就在懷抱這份心思好一陣子後，我幸運地收到了與這種想法不謀而合的合作邀約！

「噗咻！大家的抗鬱眼藥小咻瓦開始直播啦！今天我邀來了小愛萊作為來賓，打算一起來玩恐怖遊戲的啦——！」

「園長一點也不想玩恐怖遊戲——的喲～」

「不玩的話可不行——的喲～」

：噗咻！

：這該不會是之前說過的懲罰遊戲吧？

：執行得比我預期的還快。　¥5000

：也就是說，園長挑的是小咻瓦嗎www

：為什麼偏偏選上了可以說是恐怖遊戲反義詞的小咻瓦啊……

好啦，其實今天的恐怖遊戲合作是其來有自的。

事情的開端是小愛萊在自己開台時，做了名為「對動物園的園長來說動物相關的雜學無所不知」的企畫。

企畫的詳細內容如下——小愛萊會從觀眾們投稿的動物相關問題隨機挑出十題，若是答不出來，就要執行由觀眾票選的懲罰遊戲。

由於無法預料出題內容，怎麼看都是一場地獄般的活動。實際直播時小愛萊卻顛覆了多數人的預期，以深不見底的知識量連續答對了八題。

就在眾人開始期待她大獲全勝之際，第九題冷不防地現身了。

@愛萊園長的體重是——幾公斤？@

這正是深謀遠慮的極致。沒錯，它確實是和動物有關的話題。

小愛萊明顯對這個問題感到不知所措。花了整整十分鐘深思後，她最終承認了自己的敗北。

為了守護最重要的事物，她不惜讓自己投身於苦行之中。當時的聊天室也為她守口如瓶的決心大為讚賞，名為「園長奮不顧身地犧牲自己（為了自己）」的剪輯影片也以現在進行式大紅大紫。

總之基於這些原因，她不得不接受懲罰遊戲，此時卻出了一點意外。歷經投票後，榮登第一的是園長最不拿手的恐怖遊戲。

所謂的懲罰遊戲，就是非得讓當事人接觸自己討厭的事物才行。為此，小愛萊向觀眾提出請求——她會親自下場進行遊戲，但希望能找個同伴協助直播。而觀眾們當然也欣然同意。

說起來，害她吞敗的那個問題本來就有點那個，也難怪觀眾願意通融。

如此這般，榮幸地被選為同伴的便是我——小咻瓦是也。

我之前也說過想來個恐怖遊戲合作，實在是天助我也！

「小愛萊也真是的！既然喜歡到想選我當同伴就早說嘛～要來ＳＥＸ嗎？」

「請別增加懲罰遊戲的次數的喲～之所以挑上小咻瓦前輩，純粹只是因為您是感覺最能緩和恐怖遊戲氛圍的存在而已的喲～」

「嘴巴真甜，也就是說我是妳的心靈支柱對吧？要來ＳＥＸ嗎？」

「這代表您是Live-ON數一數二的搞笑大王的喲～還有我可不是會隨便出賣身體的便宜女人的喲～」

「我倒是可以隨便賣喔。要來ＳＥＸ嗎？」

「這女人滿腦子都想著上床的喲？是發情期的貓的喲！」

「徵求願意奉陪這隻全年發情母貓的美女。讓我們一起享受最棒的強〇浴和強〇玩法吧！電話號碼是000-0000-0000-1919454519194545。」

「妳用的是哪顆星球的電話號碼的喲?還有別把強○用在飲用以外的行為的喲~!」

「要是有人上傳強○浴的影片感覺會鬧出大事。不可以浪費飲料呢。」

「不不,妳剛剛明明才說過想這麼做的喲!對話的節奏根本已經變得亂七八糟,現在很不妙的喲~……」

:瘋狂請求性行為的強○女。

:什麼叫恐怖遊戲的反義詞啊?這女人的存在就是恐怖本身吧!

:居然是用「要來SEX嗎?」作為語尾的角色,這可真是領先時代太多的設定!

:與其說是領先時代,不如說是退化成猴子了。

:真虧園長的吐槽跟得上,好了不起。

「真是的,我要開始玩遊戲的喲~」

「我昨天已經對著遊戲好好把玩一番了。」

「不用向我報告玩過成人遊戲的事的喲~好的,遊戲開始的喲!」

這回要玩的遊戲並沒有特別指定,是以挑上的是不僅操作容易,就連身為恐怖遊戲菜鳥的小愛萊也有辦法順利破關的遊戲——紫鬼(註:典出免費同人遊戲「青鬼」)。

遊戲內容是一群國中生前往偌大的無人洋樓試膽,卻被關在裡面。主角必須躲避著徘徊在洋樓裡，名為紫鬼的紫色巨人怪物，並以逃出生天作為目標。

這不算摧殘心靈的恐怖遊戲，屬於驚嚇類型，是以小愛萊應該不至於被嚇到崩潰才對。

由於這遊戲曾經紅過一陣子，我也大概知道遊戲的大致流程。但小愛萊似乎一直過著躲避恐怖遊戲的生活，因此除了紫鬼的外貌外，好像完全是第一次接觸這款遊戲。

好啦，當國中生們進入洋樓後，主角浩樹對突然發出怪聲的房間感到不耐，隨即獨自前往房間，在該處取得了「菜刀」道具。而在他返回原本的集合處後，卻發現理當聚在一起的眾人已經全數失蹤──序章至此結束，遊戲正式開始。洋樓的大門早已被封死，無法離開此地。

「………」

話說回來，我雖然只是在一旁觀看，卻也能明顯感受到小愛萊有多麼害怕恐怖遊戲。

即使下定決心前進，沒過多久她便會停下腳步向後退去，這樣的行動還會重複好幾遍。

遇上這種情況，就輪到我出馬啦！儘管知曉這個遊戲的我不得給予建議或是劇透，但我會用三寸不爛之舌為小愛萊加油打氣的！

「啊，這次一旦遊戲裡變得沒什麼動作，我就會回應蜂蜜蛋糕，所以請多指教啦。」

「我已經希望能一直回應蜂蜜蛋糕的喲……」

「別這麼說嘛，恐怖遊戲其實也很有意思喔？喏，妳試著想想自己被遊戲開發者恣意操弄，嚇得半死的模樣看看吧？是不是會興奮起來？要來ＳＥＸ嗎？」

「我既不興奮，也不覺得那是享受恐怖遊戲方式的喲～還有您死纏爛打求歡的舉動有些煩人的喲～」

「咦～又沒什麼關係。這是語尾啦、語尾，和小愛萊的『的喲』是一樣的！成雙成對！」

「放棄這個語尾的瞬間說不定到來了的喲。」

「咦～？」

小愛萊在抬槓的同時，緊張感似乎也緩和了不少，推進遊戲的速度比先前快上許多。很好很好，一切都在我的計畫之中！

好啦，就在聊天到一半之際，紫鬼首次登場的橋段也即將到來了。

首先在踏入這個房間的瞬間，牠便會在畫面上半部短暫露臉。

「咿啊？剛、剛剛有東西！畫面上方！絕對有東西！的喲！」

「小、小愛萊冷靜點。妳的語尾像是硬加上去的，感覺不太妙喔。」

「可是真的有什麼的喲？這哪能怪我的喲！」

「ＯＫＯＫ，確實好像有東西呢。」

雖然覺得她很可憐，但我的內心深處也湧現了惡作劇的念頭，想看看她遇到驚嚇場景時會露出什麼反應。這便是所謂的人性……

「我已經想回去的喲……」

「乖喔乖喔。畢竟現在已經被關起來了，而且還得去找失蹤的朋友們才行喔。」

「誰要待在這麼危險的地方的喲！我要先一步回家的喲！」

「這句話相當於在詠唱恐怖作品的即死魔法（對象只能選擇自己），我勸妳還是別說下去了。」

小愛萊想必也明白繼續僵持就無法推進遊戲吧。她操作浩樹，朝著在桌上閃爍的道具下方移動。

好啦，接下來就是這款遊戲的精髓所在了！在取得道具的瞬間，就會有一隻紫鬼從某處現身，和主角進行一場賭上性命的鬼抓人！

此外，小愛萊被禁止觀看聊天室，所以首次遊玩的她不可能預測到接下來的發展。

好啦，結果如何呢？（期待期待）

她現在拿到…………道具啦！

「啊嗄嗄嗄嗄！？來了來了？別過來啊嗄嗄嗄！」

對不起，小愛萊，我其實差點就笑出來了。

她發出了和我玩長生棒時很像的聲音耶，真的不要緊嗎？小愛萊累積已久的矯正常識屬性似乎正逐漸分崩離析……

我說不定目擊了堪比柏林圍牆倒塌的歷史性瞬間。

：笑死。

：反而是園長發出了宛如動物般的咆哮啊。

：只憑音調就能顯露絕望之情的演技派。

：這應該不是演技，而是貨真價實的反應啊。

「喏，快逃快逃！不好好躲避的話可是會被紫鬼抓起來做壞事的喔！小薄本會變厚的喔！貞操會面臨危機喔！」

「別對我施展精神攻擊的喲！前輩您到底是站在哪一邊的喲？」

小愛萊以明顯有些笨拙的操作在洋樓裡逃竄，卻選錯了逃亡路線，很快就被逼到洋樓的角落。

她已經無路可逃，紫鬼則是馬不停蹄地自後方逼近。

這下沒救，看來是免不了Game Over了。就連我也想不出其他辦法之際——

「呼、呼、呼、呼……既然如此——！」

「嗯？」

小愛萊不知為何面朝紫鬼的方向，就這麼直直衝去。

然後——

「老娘要用這把刀把你大卸八塊啦！居然長了個跟藍莓一樣的顏色，你的血是什麼顏色的嗄啊啊！」

「嗯嗯？」

「哎是什麼顏色都沒差啦，反正都要用刀剖開你的身體了，如果噴出來的是紅色就做成草莓果醬，如果是紫色就做成藍莓醬啦！」

「嗯嗯嗯！？」

「去死吧混帳啊啊啊啊啊！」

浩樹分毫不差地貼向逼近而至的紫鬼，像是磁鐵般觸碰了上去。

遊戲的機制裡不存在打倒紫鬼的手段，是以就算裝備菜刀，也只會落得Game Over的下場。

「啥？Game Over？搞什麼鬼啊混帳啊啊（砰砰砰砰）！」

「…………」

問題出在猛敲桌子，以死亡重金屬樂團般的氣勢發出近似擂胸鼓聲的疑似園長的生物身上。

：？

：？

：？

：咦？

：花惹發？

※去死吧混帳啊啊啊啊啊！

聊天室和我一樣藏不住內心的動搖。

「……啊，慘了。」

「咦？」

那是宛如暴風雨般的一瞬間。嘴裡只說得出「咦」這個字的我大概是被狂風暴雨掃得暈頭轉向，連正常的思路都被吹到天邊去了。

「啊，呃——小、小咻瓦前輩？您聽得見嗎的喲～？」

「咦？」

「喂、喂喂——？聽得見嗎？我是愛萊園長的喲～？」

「咦？」

「……」

「咦？」

「好、好的，我懂了的喲！我想問您一個問題的喲！那個呀，難道說……我也要加入搞笑藝人的行列了嗎？」

聽到她以明顯震顫的嗓音如此提問，我的腦袋儘管依舊混亂至極，卻仍能給出篤定的答案。

「歡迎來到Live-ON，小愛萊！」

「不不不要啊啊啊啊啊啊啊啊！！」

：www

：完全預料不到會變成這樣。

：遲開的花兒。想不到居然是四期生裡的小咻瓦同類。

：嗚哇哇……我以為是動物園的園長，結果是動物組的組長（註：日本的黑道組織多為「××組」，組長類似於幫派的幫主）啊。

：今後的外號就決定是組長啦。

「想不到居然會變成這樣……所以我才不想玩恐怖遊戲的呀……」

在那起堪比舉國連同柏林圍牆一同倒塌的大事件過後，如今又經過好幾分鐘。小愛萊雖然恢復了冷靜，卻仍顯得相當消沉。

嗯嗯，我懂，小愛萊，我能發自內心地與妳產生共鳴。感覺就像是看到了當時的我一樣。

「哎呀，打起精神來啦。喏，妳大可像之前那樣在句尾加上「的喲」喔。說說看吧。」

「妳在煽風點火個什麼勁啊混帳！」

「咿！請、請組長大發慈悲！不要殺進俺們的辦公室！」

「我不是組長，是園長啦！還有，我真的不是什麼幫派分子喔？只是以前曾熱衷於觀看那一類的電影或是影集，剛剛純粹是稍微露出了那方面的情緒而已喔？」

「不行啦組長，咱們這行賣的就是設定，只要垮過一次就沒救咧。看看當時以清秀作為賣點的我現在變成什麼模樣，妳應該就明白了唄？」

「別講怪腔怪調的方言啦！還沒完！還沒有完蛋呢！我依然是園長！」

「妳好，我是已經完蛋的例子。」

園長在這之後似乎依舊懊惱了好一陣子，但在看到聊天室的熱度和上了說特趨勢榜的光景後，似乎覺得無力回天，於是便承認剛剛的模樣更符合自己原本的個性。

「不過、不過的喲！我也不想捨棄身為園長的自己的喲。雖然剛剛那樣可能更貼近真實的自我，但園長也是我的一部分！所以今後我仍打算以最愛動物的愛萊園長身分繼續努力的喲！」

「哦，挺不錯呢，我能明白妳的這份用心。因為我也想好好珍惜身為小淡的自己呢。」

「我已經捨去了後悔的情緒！我不是脆弱的人類！不會顧著回首過去！我會承認剛剛發生的是一場意外，並將其當成步向光明未來的教訓的喲！即使有觀眾因為這次的事件而為我感到失望，嶄新的我絕對會讓你們再次回頭的喲！」

「說得妙極！這才是俺們的組長！」

：總覺得要笑死。

：太有男子氣概了，我說什麼都要追隨她。

：老大，俺會跟隨您一輩子！

：就連小咻瓦都曾迷惘過一陣子……這是多麼宏偉的器量。

：好帥……

：不只是從園長變為組長，還是動物園的客人們變為組員的瞬間。

：我原本覺得莫名其妙，但想想這才是Live-ON平時的作風。

「好咧！小愛萊，那就繼續玩恐怖遊戲吧！」

「……那個，我覺得自己已經被懲罰得挺慘了，所以就到此中斷——」

「不可以～☆」

「我說不定挑了個錯誤的人選作為同伴的喲……」

遊戲再次開始，小愛萊由剛才Game Over的地方繼續推進。

在拿到道具後，紫鬼再次現身。小愛萊雖然依舊害怕，但終究沒有像第一次那樣大喊出聲。

而她這次也換了條逃跑路線，走進洋樓裡沒上鎖的房間。趁著紫鬼還沒進房的那一瞬間，她躲進房裡的衣櫥，這才甩開了紫鬼的追擊。

「呼，光是躲藏一次就累死人的喲……沒有能打敗那個怪物的手段嗎的喲？」

「很遺憾，妳想要的噴子（手槍）或蓮藕（左輪手槍）不存在於這款遊戲之中。」

「這樣呀，我是多少有預期到啦的喲～」

「咦，妳是真的想要嗎？」

「咦？……啊……」

「啊。」

「「啊。」」

雖、雖然進行了一場不曉得該說是默契十足還是牛頭不對馬嘴的對話，但總之遊戲繼續進行了下去……

下一個橋段，是在新探索的房間裡首次遇到一名失蹤朋友的場景。

這位朋友名為健夫。他的個性懦弱，這次也因為過於害怕紫鬼，在躲藏的衣櫥裡不斷發抖，甚至無法好好對話。

「啊，是人型跳〇呢。安安。」

「我不會吐槽的喲～」

「啊，是擬人化的跳〇。安安。」

「您怎麼會覺得我會因為這樣就吐槽的喲～」

「畢竟也有被稱為性器官臉的演員先生，妳不覺得全身玩具聽起來也挺不賴的嗎？」

「總覺得微妙地有點帥氣，還請住口的喲～」

就在我們如此抬槓之際，小愛萊拿走了房間裡的道具，隨即離開房間。

由於不曉得下一個目的地，她便在洋樓裡四處徘徊充作散步。

「差不多該回覆蜂蜜蛋糕了啾欸欸欸欸欸？」

即使是這種平凡無奇的場景，紫鬼依舊會毫不留情地出場襲擊。

「噗噗，我還是頭一次聽到有人喊出『啾欸欸欸』的聲音呢。」

「有什麼好笑的喲？鬼不是只有紫鬼一隻嗎的喲？」

死亡鬼抓人再次上演。這回小愛萊選擇的逃生路徑，是剛剛健夫所在的房間。

……奇怪，我記得能躲人的衣櫥已經被健夫捷足先登了才對……

接著一如預期，她雖然想打開衣櫥，卻被健夫從裡頭用力關上。

「喂喂喂！臭小子還不給我開門！我知道你在裡面啊（砰砰砰砰）！」

「這、這就是動真格的黑道火拚！俺還是頭一次見識到！」

而小愛萊再次成了紫鬼的盤中飧。

之後雖然又經歷好幾次的Game Over，但小愛萊似乎逐漸習慣了遊戲的操作，推進的速度也變得順暢不少。

這回則是遇上解謎卡關的狀況。由於直播進入了僵局，差不多也該回覆蜂蜜蛋糕了。

「蜂蜜蛋糕主要由我來回應，小愛萊若是有餘力，再來協助我回覆吧。」

「瞭解的喲～」

「那麼，關於第一則呢——這位竟然是！將小愛萊誘入恐怖遊戲深坑的始作俑者——疑似是第九題的出題者所留下的蜂蜜蛋糕！」

「喔，是來切指謝罪嗎的喲～」

「我感受到了純粹的恐怖。」

＠大家好，我是出了第九題的那個人。

儘管有些唐突，但請容我在此懺悔。

我希望自己的主推偶像能跨越Live-ON的嚴苛環境，因此將她推下懸崖，好讓她成長為堅強的孩子。

然而，為什麼會變成這樣呢……

回想起來，我想必是完全沒察覺到Live-ON的恐怖之處吧。

平時總是在動物園與動物們嬉戲的園長，即將被丟入名為Live-ON的鐵籠之中，遭飢渴的野獸們襲擊……

這肯定是神明對我的懲罰吧。

今後，我想必得過上只能看咻愛出軌系作品才能擼出來的人生吧。

即使這樣也無妨。

因為這是身為觀眾的我所被賦予的命運……嗚！呼……＠

「這該切的不只是手指，連腦袋都有必要吊起來的喲～」

「呃，應該說現在反而是我快被吃掉了。這可不是被寵物狗咬手這麼簡單，而是被手槍指著腦袋呀！」

「這就是以下犯上的喲～」

@A：我可以喝強◯嗎？

B：請喝。話說回來，您每天都喝多少呢？

A：大概兩箱左右吧。

B：您喝酒喝多少年了？

A：大概三十年左右吧。

B：原來如此。您看那邊有一棟YONTORY的大樓對吧？

A：是有一棟大樓沒錯。

B：您要是不喝強◯，就有錢把那棟大樓買下來嘍。

A：那是我開的公司啦。

小咻瓦未來的模樣。@

「好強（篤定）。」

「兩箱是怎麼回事的喲……不過總覺得小咻瓦前輩未來會成為更厲害的大人物的喲～」

「咦？真的假的？怎麼說？」

「因為您擁有能讓他人採取行動的力量的喲！」

「咦？原來我有催眠別人的超能力？我都不知道耶……我這就去女子高中一趟，把她們的裙長改成腰上五公分。」

「就算把前輩的化身改成蓬頭垢面的大叔，感覺也不會突兀的喲！」

：第九題仁兄肯定沒想過組長會從懸崖底下爬上來吧。

：你掉的是這個美麗的愛萊（園長）呢？還是這個骯髒的愛萊（組長）呢？

：→寫下這則留言的傢伙完蛋了吧。請節哀。

：侮辱組長的罰則比十大酷刑還可怕。

：催眠系遊戲特有的那種像是在搞笑的制服超級喜歡。

：感覺很冷（小學生等級的感想）。

@為了避免小咻瓦喝太多，就讓我們來制訂禁酒令吧～@

「抱歉，我得去把自己修練成世界最強的生命體了。我有必須保護的世界。」

「居然不是以總理大臣或總統為目標，而是想成為地球最強的生命體，這種傻呼呼的衝勁讓人有點喜歡的喲～」

@／boooooooooo！／

You LOSE

能量飲料的勝利（註：典出日本足球選手本田圭佑的百事可樂廣告台詞）！

請在明天到來之前思考自己為何落敗。

如此一來，你想必會有所斬獲。

喏，我要喝（芬〇）了。@

「完全看不出統一性的喲！」

「看起來是要喝獲勝的能量飲料，其實喝的卻是完全無關的芬〇，或許是在暗示這世上並非只有勝利和敗北呢。」

「……或許是的喲。」

「才沒有咧。」

：在口舌方面已經是地球最強等級了喔。

：小咻瓦傻得可愛。

：說不定是以「對付你用不著喝能量飲料，喝芬〇就夠了」的方式在挑釁對手呢。

：才沒有咧（無情）。

：別翻臉翻得像三明治機一樣啦。

「啊，解開謎題了的喲～！」

「哦，時機正好。蜂蜜蛋糕就先回覆到這裡，回頭集中在遊戲上吧！」

好啦，遊戲差不多要邁入中盤了。如果可以，希望能在今天的直播裡玩到破關呢。

「欸欸，小愛萊，妳最近有什麼熱衷的東西嗎？」

「熱衷的東西嗎？這個嘛……與其說是最近，我從很久以前就會看動物相關的影片喔。這就是所謂的ＡＶ（Animal Video）的喲。」

「喔，真不錯，姊姊我也最喜歡ＡＶ（Adult Video）嘍。妳第一次看是什麼時候的事？」

「嗯～實在是太過久遠了，所以記不太清楚呢。但我記得在上小學之前就很沉迷的喲。」

「嗄、咦？妳、妳真早熟呢。」

「咦？是這樣嗎？我覺得小朋友應該都有看過的喲？」

「欸？真的假的？」

「奇怪？」

怎麼回事，就連我在上小學之前都只會沉迷花草影片、教育節目或是給兒童看的動畫而已啊……

現代性教育的演進程度之高，說不定已經超越我的想像。

「但因為記不得了，也可能是更早以前就開始看的喲。既然都喜歡到成痴的地步了，我說不定是一出生就開始看的喲～！開玩笑的啦。」

「一出生就看？看ＡＶ嗎？」

「所以我說是玩笑話的喲～一般來說是不可能的喲～」

「也、也對呢！啊——太好了。」

「您為什麼這麼驚訝……哦，原來是這麼回事的喲～」

「嗯？怎麼了？」

「您不用在意沒關係的喲～」

：變成會錯意小短劇了笑死。

：這肯定是小咪瓦搞錯了吧www

：組長都把動物影片說在前頭了，怎麼還會聽錯……

：要是在出生的瞬間就被迫觀看成人影片，肯定會成為我的心靈創傷，總有一天會報這個仇的。

：結果兩邊依舊沒解開誤會，真是一點也不好。

：不不，組長應該有察覺兩邊對話沒對上吧？

：好像是。

「呃，那妳最近看的ＡＶ是什麼分類的呢？」

「我最近看了大象先生的感人影片的喲～」

喔，原來如此，所謂的大象先生就是老二角色吧。居然繞了這麼大的彎，這個害臊的孩子還真是可愛。

不過……感人？而且還是AV？難道是著重劇情的片子？

「我可是感動到淚水泉湧而出呢。」

「在小愛萊哭泣的同時，AV裡的大象先生肯定也流下了白色的淚水呢。」

「嗯？您在說什麼的喲？」

「哎呀，沒聽懂嗎？真是純情呢。」

「哎，也罷。不過大象先生很厲害喔！在影片裡，牠不僅以鼻子前端抓東西，甚至還畫畫了的喲～」

「欸，真的假的？這是辦得到的事嗎？那個前端的構造有辦法扭曲到那種地步？難道是有訓練就有成效嗎……」

「不僅如此，其實牠連游泳都會的喲～」

「還能用來游泳嗎？咦？難道是透過連續萎縮和膨脹實現的仰式游法？」

「即使讓人騎在上面也不成問題的喲～」

「啊，這個我懂。是所謂的騎乘式對吧？」

「就是這麼回事的喲～」

：這也太卑鄙了www

：組長完全是拿小咻瓦在玩吧笑。

：根本不是這麼回事的喲~

：我想像了一下連續用萎縮和膨脹的方式游泳的模樣結果爆笑出來。

：是因為對話節奏，以為是用鼻子（老二）游泳的嗎www

：這是新的游泳姿勢呢，該怎麼命名才好？

：都有蝶式了，叫獨角仙式不是挺不錯的嗎？

：笑死。

在那之後，我們又進行了一陣牛頭不對馬嘴的對話。而我直到確認過聊天室後，才終於明白出了什麼問題。

「真是的，小愛萊妳真壞！」

「不不，我確實有說明是動物的影片喔！是會錯意的那一方有問題的喲——！」

「少囉嗦——！對我來說ＡＶ只能是成人影片，是獨一無二的存在！」

「啊，發現另一位倖存者的喲~」

「別忽視我的反應啦——！」

唔……算了，一直鬧脾氣也不是辦法，還是專注在直播遊戲上頭吧。

小愛萊找到的，是一同來到洋樓的同伴之一——蜜柑妹妹。她是這款遊戲之中長相最為出色的美少女。

試著搭話後，才知道蜜柑自從躲進這間房間逃過紫鬼的追殺後，便一直害怕不已。

此時會出現選項。

1．一起找出逃生路線吧。

2．不管她。

「小愛萊，該怎麼辦——？」

「那還用說的喲！既然是朋友，就要一起活著回去的喲！」

小愛萊毫不猶豫地選了1。真不愧是組長，果真義薄雲天！

而聽到這席話的蜜柑妹妹則是——

『嗄？有那種怪物在，根本沒辦法往外走不是嗎！你白痴嗎？唉，真想快點和卓史見上一面……』

…………………………

「原來如此、原來如此。」

「組、組長？」

「妳這臭女人是叫蜜柑吧？我這就拿刀把妳的橘子皮給剝得一乾二淨，給我做好覺悟吧。」

「再見了，蜜柑妹妹。被紫鬼抓住說不定還算是幸福的結局呢……」

我記得差不多快到結局了，加把勁闖過最後一關吧！

好啦，前來襲擊小愛萊的下一個難關，是能在直線追逐時瞬間拉近距離的紫鬼亞種。

由於外觀看起來像是扁平的板狀生物，移動時狀似反而更會受到空氣阻力的影響，不過認真就輸了！

「小咻瓦前輩，這玩意兒叫什麼名字的喲？總覺得看起來像是小朋友或旱鴨子在游泳池裡練習時會用到的器具呢。」

「妳是指浮板嗎？」

「對！就是那個的喲～」

「那就叫牠浮板不就好了嗎？」

「別用像是菠〇麵包超人一樣的講法的喲！麵〇超人的世界是不會幫這種怪物取名字的喲！」

「我個人主推的是細菌蛋蛋人。」

「那是哪來的誰的喲？都是您亂加字的關係，那個名字聽起來變得像是性病一樣的喲！」

「麵包操操人！是新的老二喔！操操！超人要操人然後變成操操人了喔喔喔喔喔喔！」

「這傢伙腦子真的沒問題嗎的喲……」

：她腦子正處於有問題的狀態（回天乏術）。

：我主推的是兩格漫畫變母豬妹妹。

：我喜歡豆泥操人和小紅豆操人戰鬥的那一集。

：最後合體成羊羹操人時讓我感動不已。

：你們到底在講些什麼鬼東西……？

：聊天室最近失控得挺厲害，果然有什麼直播主就有什麼觀眾。

：是說組長閃得挺好的啊。

誠如聊天室所言，在後方的畫面之中，由小愛萊操控的浩樹正以靈活的身法接連躲過了從正面來襲的敵方怪物。

遊戲如今已經抵達了最終階段，對於自無數抗爭中成長茁壯的組長而言，這樣的敵人似乎不值一哂。

即使稱不上完美，但她有條不紊的操作仍讓浩樹順利甩掉了怪物。

「幹得好，小愛萊，馬上就能逃出去嘍！」

「真的嗎的喲？總、總算可以結束這場地獄了……我眼淚都快噴出來的喲。」

「現在可不是哭的時候！喏，紫鬼出現了！快跑快跑！」

紫鬼雖然死纏爛打地追了上來，但終究只是最普通的類型，並非現在的小愛萊的對手。

小愛萊以老神在在的態度操控著浩樹，像是將對手玩弄於股掌間似的逃竄了起來。

可是啊，小愛萊，其實這款遊戲最後出現的紫鬼——是兩隻一組的喔。

「嘎——！」

小愛萊的那聲喊叫實在是過於窩囊而悲愴，宛如猩猩的咆哮。

在逃跑的路線上現身的，是先前的友人之一——卓史。

能在最後的最後重逢，也算是美事一樁吧。但那也得建立在他沒變身成恐怖紫鬼的前提之下。

在宛如請君入甕般的前後夾擊中，束手無策的浩樹只能白白喪命。

：那叫聲wwww

：剛剛的聲音是從哪裡發出來的？

：和合趾猿的叫聲如出一轍喔。

：叫聲的種類真是五花八門。

「喂，剛剛把我叫成合趾猿慶司老弟（註：典出日本東山動植物園的知名合趾猿「慶司（ケイジ）」）的傢伙跟我來一趟辦公室。」

「至少也講成動物園，別說是辦公室啦。還有，他沒有指稱特定的合趾猿啦。」

在這之後，由於小愛萊遲遲無法適應同時對付兩隻紫鬼，是以再度Game Over了好幾次。

「法Q！法Q法Q！（砰砰砰砰！）」

「請、請冷靜一點咧，組長！您都這把年紀了，會操壞身子骨的！」

「喂，剛剛是誰說我是老骨頭的？」

「是慶司老弟。」

：喂。

：能甩鍋甩得這麼臉不紅氣不喘的人著實罕見。

：開司老弟，我不會忘記你的英姿的。

：在記住英姿之前先把名字記對啦。

：指定愛護團體愛萊組。

浩樹的生命輕而易舉地消散逝去。真不愧是最終階段，對手也是動真格的。

不過，那一刻驀然降臨了。

就在小愛萊又險些遭到夾擊的瞬間，她這回千鈞一髮地從紫鬼的身側鑽了出去。

而她沒有停下腳步，就這麼找到逃生路線，從逃生口離開。小愛萊頭也不回地向前直奔，離開了這棟洋樓。

遊戲破關——懲罰遊戲也到此結束。

「結、結束了……？」

「恭喜妳，小愛萊。這次是名副其實的結束嘍。」

「太好了……好漫長呀……」

：888

：¥50000

：有好好切指謝罪了呢，真是帥氣。

：恭喜妳——！

：真是濃烈到不行的一段時光。

「那麼，小愛萊——」

「是？怎麼了的喲？」

「明天開始要加油喔☆」

「啊……」

聽到我的這番話，小愛萊似乎才想起在這場直播開始之前，組長二字都還和自己完全無關的事。說特上現在依舊是一片鬧哄哄呢。

直到直播結束的那一刻，整個直播台仍迴盪著小愛萊的慘叫。

心音淡雪爭奪戰

某天下午，我在用以思索直播靈感的休息時間上了說特，瀏覽著時間軸。

我最近不僅勤於演唱會的練習，還得兼顧開台，可說是忙得兩頭燒。這樣的休息時間登時變得難能可貴。

Live-ON成員的未讀文章堆積如山。雖然是同一間公司的成員，但對於身兼Live-ON粉絲的我來說，觀看她們的文章可說是一大樂事。

「嗯？在聊和我有關的事？」

躺在床上的我頂著一張慵懶的臉龐滑著手機，隨即在看到淡雪——也就是我的名字時驀地停住。

發表這篇文章的是……小有素啊。

【相馬有素＠Live-ON主推淡雪閣下】

和淡雪閣下最為契合的直播主就是我了是也！

畢竟我對她滿懷愛意！

只要淡雪閣下開口，我什麼都做得到是也。

為了淡雪閣下，我願意在幫她挑完魚刺後被摸摸頭，也願意以舔舐的方式溫熱草鞋後得到親吻作為獎賞（註：典出豐臣秀吉作為織田信長麾下兵卒時，曾用胸口溫熱信長的草鞋並獲取讚賞的逸聞）**，更願意在澡間擺弄洗淨她全身上下後讓她SEX一番，任其擺布是也！**

「她雖然想表現出自我奉獻的形象，要求的報酬倒是沒少……還有，我才不想和舔過草鞋的嘴巴接吻呢……最後一項根本只是小有素想幹的事吧。」

我不禁用上了直播時的情緒出言吐槽。

到這邊為止都算是小有素一如往常的表現，但我隨即發現這篇文章底下有其他直播主參與回應。

【彩真白@Live-ON】

呵。

這是……真白白嗎？

她僅僅留下這麼一個字。起初我也搞不清楚她的用意，小有素卻像是若有所悟似的，在底下持續回應了起來。

【相馬有素@Live-ON主推淡雪閣下】

出現了！我的情敵！竟敢大搖大擺地現身，算妳有膽量是也！我今天一定要從妳手中奪回淡雪閣下是也！

「我本來就不是小有素的所有物喔。」

【彩真白＠Live-ON】

剛剛才在文章裡把慾望表露無遺的傢伙在說什麼呢？小淡要是看到那篇文章，說不定會嚇得退避三舍喔？

【相馬有素＠Live-ON主推淡雪閣下】

住口！妳這隻偷腥的貓！這篇文章只是單純的妄想罷了，就算被淡雪閣下喝斥：「妳這混帳傢伙別多事！」也沒關係是也！

不對，不如說這對我而言是一種讚美是也！請多罵我幾句拜託您了是也！

【彩真白＠Live-ON】

妳這混帳傢伙別多事！

【相馬有素＠Live-ON主推淡雪閣下】

我才不是要聽真白閣下說這些話是也！

正因為是淡雪閣下開的口，才稱得上是讚美。但這不代表我是個單純的受虐狂是也！

【晝寢貓魔＠Live-ON】

聽說有人在找混帳貓的樣子？

【彩真白＠Live-ON】

原來這樣稱呼就會把您叫過來呀。還有，並沒有人找您。

【相馬有素@Live-ON主推淡雪閣下】

對了，貓魔前輩，我這次打算製作淡雪閣下的歷代打噴嚏剪輯影片，您願意幫我這個忙嗎是也？

【晝寢貓魔@Live-ON】

喵喵！這是多麼美妙的劣質遊戲邀約呀！我當然很樂意！

【相馬有素@Live-ON主推淡雪閣下】

嗯？您剛剛是不是說了劣質遊戲是也？您覺得製作淡雪閣下的剪輯影片是一種劣質遊戲嗎是也？

您應該沒說吧是也？您應該不會對這世上首屈一指的超級神作講這種難聽話吧貓魔閣下？

嗯？嗯？嗯？

？？？？？？？？？？？？？？？？？？？？

【晝寢貓魔@Live-ON】

小淡雪是神，我不接受任何異議。

【相馬有素@Live-ON主推淡雪閣下】

真不愧是貓魔閣下！您真內行是也！

【晝寢貓魔@Live-ON】

喵喵，好危險喔——差點就要錯過世紀霸主級的劣質遊戲遊玩體驗了。

【彩真白@Live-ON】

一群傻瓜。

「這些人怎麼把說特當成了摔角擂台啊……」

看到兩人一貓晾著我這個當事人，逕自打起擂台賽的光景，讓我不禁露出苦笑。

咦……我還以為這個話題就到此為止了，想不到仍有後續……這回似乎是小有素主動開火的樣子。

【相馬有素@Live-ON主推淡雪閣下】

說起來，真白閣下對淡雪閣下未免太沒禮貌了是也！

因為是淡雪閣下，她若要我說「是」，我就會回答「是」；她要我說「不是」，我就會回答不是；她若是說「讓我上床」，我就會回答：「好呀……！（歡喜）」

這不正是符合人類道德規範的人物嗎是也！

「沒那回事喔——」

真希望這孩子能回到小學重修道德這門學科。

【彩真白@Live-ON】

對任性的言行言計聽從，可不見得算是為對方著想喔。

即使聽到小淡的請求，咱有時也會刻意地冷淡回絕。

這便是我和小淡的羈絆——畢竟咱們是摯友、同期，同時也是母女呀。

真白白妳怎麼滿不在乎地講了這麼害臊的事啊啊啊啊——！？

我有時覺得真白白雖然看似冷酷，卻會不經意地脫口而出常人會感到害臊的話語，對心臟真的很不好！

居然說我們的羈絆……呼喔喔喔喔喔喔喔——！！

【相馬有素＠Live-ON主推淡雪閣下】

嗚嘰——！您這種自詡贏家的態度讓我看得很不順眼是也！

好恨自己不是她的同期……

但誠如我一開始所言，要比愛情我絕對不會輸的是也！愛能夠超越一切！果然淡雪閣下的砲友非我莫屬是也！

【彩真白＠Live-ON】

妳請妳請。

【相馬有素＠Live-ON主推淡雪閣下】

說錯了，是擼管配菜非我莫屬才對是也！

【彩真白@Live-ON】

妳請妳請。

這兩個傢伙是在玩吧？

【彩真白@Live-ON】

小有素既然這麼想當小淡心中的第一名，不如請她作個判斷如何？

哎、哎呀？話題是不是朝奇怪的方向拐了過去？

【相馬有素@Live-ON主推淡雪閣下】

……您的意思是？

【彩真白@Live-ON】

咱們下次來個三人直播，進行各方面的測試，讓小淡判斷誰才是最適合她的卓越人才吧？

小有素剛剛說過千言萬語勝不過本人一言，也說過會對小淡的命令言計聽從對吧？

【相馬有素@Live-ON主推淡雪閣下】

原來如此！雖是敵人，但您的提議著實出色！

這份戰帖我就收下了！

會被淡雪閣下選為正妻的，肯定是我是也！

【彩真白@Live-ON】

好喔好喔，那就回頭見啦！
咱會把妳那份毫無來由的自信砸成碎屑的。

「呵呵呵……」

看到她們和樂融融的互動，我不禁仰望天花板，展露柔和的微笑。

大家看好啦——當事人明明處於狀況外，卻已經被拉進合作直播之中，這就是Live-ON的一貫作風喔——

之後過了幾天——

「大家真白好——咱是暱稱真白白的彩真白喔。」

「報告！相馬有素來報到了是也！」

「…………」

「小淡妳怎麼啦，快做自我介紹呀？」

「我可以回家嗎？」

「不行是也！淡雪閣下是今天的主角，要是不在還像話嗎是也！」

「這樣啊……嗯，今晚降下了淡雪呢。我是心音淡雪。」

這場合作直播以一副順理成章的氣勢開台了。

不對，其實兩人在之後就邀了我合作。而我確實也給出參加的回應。

哎，我其實沒有反感啦，真的。一想到她們能主動提供這麼有趣的直播靈感，便讓我不勝感激。只是面對這種主題，我真的不曉得該用什麼樣的情緒來面對才妥當啊……

「如此這般，看過咱和小有素說特的人，應該已經能猜到是怎麼回事了。總之呢，咱和小有素發起了對決，要決定哪一方更配得上小淡喔。」

「這是一場不能敗北的對決是也……這堵阻止我向淡雪閣下求婚的高牆，我今天一定會粉碎它的是也！」

「似乎就是這麼回事……」

「哎呀呀？淡雪閣下怎麼了？您的情緒從剛剛開始就不太對勁呢……啊！原來是這樣嗎！」

「哦，小有素，妳難道聽見我的心聲了？」

「您想要一條寫著『今天的主角』的背帶對吧！我這就幫您準備是也！」

「不不不用不用我真的不用！」

啊，真的要開始了嗎……

「小淡怎麼啦？有兩個這麼可愛的女孩子在旁陪侍，妳應該表現得更開心才對吧？」

「別說得那麼難聽啦……我說，該怎麼講……我的形象應該不是這樣的吧？喏，我並沒有偉大到會成為某人渴望的對象，這就是所謂的見解不一吧？」

「說得也是呢。畢竟小淡從一開始就是咱的東西呀。」

「淡雪閣下是世界第一偉大的人物是也！」

「不不，光是此時此刻的氛圍就不太對勁了。姑且不論小有素，看到真白白一副想讓人吐槽的態勢，只會讓我覺得妳是想藉由這種情境欺負我取樂呀。因為平常的真白白根本不會說這些話吧！而且妳的聲調還帶著賊兮兮的笑意！」

「討厭啦，小淡，咱只是想讓這個小丫頭知道和小淡最為契合的人是咱，同時想玩弄為此害臊的小淡，更想回敬小咻瓦平時的種種惡行罷了。」

「妳這壞心眼的女人果然別有所圖！嘲笑同期有那麼好玩嗎！妳之前說過的羈絆云云也是為了欺負我而隨口胡謅的吧？」

「咦，沒有呀，咱說那句話的時候是認真的。」

「咦？」

「啊。」

「「…………」」

「別把我晾在一旁演起戀愛喜劇啊啊啊啊啊啊啊是也！」

：小淡完全成了後宮戀愛喜劇的主角。

：好讓人羨慕啊。我如果在職場喝了強〇大鬧一番，也能打造後宮嗎？

：可以打造逆後宮吧？不過那指的是沒人作伴的意思。

：小淡真白貼貼。

：想不到真白白的獨占欲如此強烈，超級喜歡。

：能明白真白白無論何時都對淡雪充斥著愛意真不錯。

：明明看起來像是傲嬌，本人卻毫不遮掩。

：這兩個人為什麼要為這種小事爭執起來……？

：倘若新款強〇是全球限量一瓶的玩意兒，肯定會演變成爭奪戰吧？就是這麼回事喔。

：別舉這種感覺能懂又沒辦法懂的例子啦。

：我覺得只要３Ｐ就能解決一切了。

：慾望橫流的和平主義者。

：好帥。

：聖大人的同族。

：一點也不帥。

：我愛百合（性方面的意思）。

：好帥。

：笑死。

「咳、咳咳！哎，如此這般，我到現在依舊沒什麼幹勁。」

「那只要喝了強○變成小咻瓦不就得了嗎？」

「為了不讓妳們從耍寶角色變成吐槽角色，我這不是拚命忍著不喝嗎！」

「淡雪閣下居然這麼為我著想……」

「嗚哇……我這下明白『至愛』和『窒礙』發音相同的理由了……」

：有素閣下三兩下就讓小淡感到倒彈笑死。

：小淡了不起——了不起——

：檸檬汽水小姐加油。

：把小淡說成檸檬汽水笑死。

：因為抽掉了酒精啊……

：說起來一開始根本沒有酒精的概念，怎麼會變成這樣啊？

「嗚嗚嗚……這和我的形象不符。硬要說的話，我並非被人追求的一方，而是追求別人的那一方才對呀。我應該要化身為咻瓦咻瓦好好耍寶一番才對呀！」

「因為不習慣自己的立場而動搖害臊的淡雪閣下太過可愛了是也。我要脫內褲了是也。」

「現在還在直播，可以不要搞咻慰嗎？」

「我現在要搞的是淡慰。」

「不是用哪一個的問題！」

「我只是效仿心愛之人的作風——一旦看到美妙的事物，便會展露發自內心的言行舉止，就只是這麼一回事而已。」

「好厲害！明明講得一副義正辭嚴的模樣，實際採取的行動卻是把內褲脫掉！讓她變成這副模樣的究竟是何方神聖呢！」

「是小淡喔。」

「真是非常對不起大家！」

不行了！我真的沒辦法好好掌握自己的情緒！我雖然也當了好一陣子的直播主，但還是頭一次遇上這種直播！

冷靜……冷靜……我面對的是愛情過於沉重的小有素和平時的回應就帶有各種爆點的真白。我得好好應付這兩人才行。倘若才開場就失控，可是會撐不到關台的……

「呼……話說回來，妳們爭的是和我有關的什麼事？我甚至不曉得妳們要透過什麼樣的手段分出高下呢。」

「關於這點，咱其實也不曉得。」

「咦……」

「我也是一無所知是也！」

「兩位知道嗎？訂定計畫是一件很重要的事喔？憑藉胡搞瞎搞還能獲得成功的例子，在現實中其實少之又少呢。」

「小淡，關於妳之前的工商——」

「淡雪閣下，您忘記關台的事——」

「哇喔——看來我該把自己的名字改成迴力鏢俠了呢。」

：這麼不知所措的小淡有夠罕見，值回票價了。

：聽說有人在搞ＦＣ３（註：影射日本知名影音網站「ＦＣ２」）**現場直播所以我來了。**

：聽說有人在搞ＣＦ現場直播所以我來了。

：ＣＦ（註：出自任天堂遊戲角色「飛隼隊長（Captain Falcon）」的縮寫）**感覺是某個有時當賽車手、有時打拳、有時會介紹午餐的人開的現場直播啊。**

：感覺在高潮迭起之際會大喊「Falcon Finish！」

：迴力鏢俠感覺是昭和時代（註：日本年號，使用時間為１９２６至１９８９年）**出現過的英雄。**

：聽說淡雪頭上的那個白白的東西是迴力鏢，真的假的？

：明明長得這麼可愛，要當迴力鏢俠是不是太勉強啦？

：那內在呢？

：是迴力鏢。

：現在已經連擬人化三個字都沒人要打了嗎？

「但對咱來說，無論出的是什麼題目，咱都不會輸給菜鳥的。」

「妳～還真是大言不慚！那就由聊天室出題吧是也！各位觀眾閣下，請儘管出些和我們與淡雪閣下有關的題目吧是也！」

「都是有各位觀眾的支持，我們才能持續活動。真的非常謝謝大家。」

一聽到和觀眾有關，我便不禁低頭致謝。

：不會不會。

：真白白有些得意忘形的模樣真可愛。

：因為她很少和後輩互動啊，能當上前輩讓她很開心吧。

：真的超級喜歡真白白。

：儘管試圖展現冷酷的一面但有夠可愛。

：小淡在洗澡時是從哪裡開始洗的～呢？

「啊，我看到那則留言了！首先就以淡雪閣下的洗澡習慣分出高下吧是也！有愛的那一方肯定就能答對呢！」

「好啊，咱也沒意見喔。」

「來，先暫停一下。」

「嗯？小淡，妳怎麼啦？」

眼見兩人理所當然地做好答題準備，我冷靜地出面叫停：

「既然採取猜謎形式，就有必要提供答案對吧？」

「也是啦，倘若是沒有正確答案的題目，觀眾們也不會服氣吧。若說有沒有必要，咱認為是有必要的。」

「我為什麼要在眾目睽睽之下揭露自己的洗澡習慣啊？」

「您可以只和我一個人說也沒關係是也！」

「真的嗎？不對，總覺得被小有素知道的話似乎同樣有點危險，我還不如——」

「不不，小淡，妳先等等。」

「怎麼了？」

「這個世界上啊，存在著所謂『遮了反而更色』一說喔。若是刻意隱藏答案，反而會留下妄想的空間，甚至會讓一批人冒出『既然不想回答，是不是代表答案帶有色情的要素呢……？』這樣的念頭呢。」

「妳、妳說什麼？」

「所以說小淡，若是乖乖回答，反而能帶來更好的結果喔。還是說……妳的答案真的很色情下流呢……？」

「知、知道啦！我會回答妳們啦！反正幹下去就行了吧！既然如此，我會坦蕩蕩地給出不會帶來絲毫誤解的正確答案啦！」

「太棒了是也！」

：真白白幹得好。

：真不愧是在敏感插畫分級邊緣燃燒生命的女人。

：徹底小惡魔化的真白白的破壞力也太恐怖了吧。

：真白白雖然對小咻瓦冷淡，但總是牽著小淡的鼻子走，真是太棒啦。

：儘管不會對著本人這樣問，卻在意得要死。

：我很在意！

：能提供強〇的品管情報幫大忙了。

：幹得好。

：在扔出讓觀眾有所期待的話題之後，直接排除拒答這個選項的小淡真了不起。

：居然能意會到這一點……果然是天才嗎？

……嗯，先別理會聊天室吧。

「不過，咱可是對小淡瞭若指掌呢。小有素，不如由妳先回答吧？」

「感覺真白白真的什麼都知道，被妳這樣一說實在有點可怕。」

「咱並非無所不知，咱只知道小淡的事喔（註：典出小說《化物語》裡「羽川翼」的招牌台詞：「我才不是什麼都知道，我只知道我所知道的。」）。」

「這原本是聽了會讓人臉紅心跳的台詞嗎？」

「居然誘惑淡雪閣下，真是個卑鄙的女人是也！就讓我摧毀妳那高高在上的自信是也！我可是在淡雪閣下的住處設置了堆積如山的針孔攝影機，才不會輸給妳是也！」

「好，暫停。」

「是！我這就暫時停止生命活動是也。」

「小淡，可以至少允許小有素呼吸嗎？咱也會一起道歉的，請妳對前途無量的少女網開一面吧。」

「為什麼我會被說得像是職權騷擾的壞蛋一樣啊？沒人說要連呼吸都停止呀！」

即使被兩人的一搭一唱耍得團團轉，我仍努力扭轉話題的流向。總覺得小有素剛剛似乎說了些絕對不能當作沒聽到的事。

「小有素，妳在我家安裝了針孔攝影機嗎？」

「我安裝了三百六十台是也。」

「好強啊，我家這下和用透明玻璃圍住沒兩樣了吧。」

「我在您的浴室裝了三百六十台是也。」

「裝得分散一點啦！架設的手法太奇怪了吧？妳到底有多想看我的裸體啦！針孔攝影機就是該架設得分散一點，才拍得到更多東西，也更不容易被察覺啦！」

「小淡，妳為什麼要給她架設針孔攝影機的建議啊？難道說妳有那方面的癖性？」

「才不是！只是一聽到這個小傻瓜幹了像是在浴室的每一片磁磚上都裝了攝影機的詭異行為，我身為直播主的意識就忍不住想吐槽啦！」

「比起自身的危險更以吐槽為優先，這是職業病呢。」

：草上加草。

：原來如此，這就是最近推出的三百六十度攝影機嗎？

：腦袋笨到讓我好喜歡。

：倒不如說都設置那麼多了居然還沒被發現這點真了不起。

：好厲害啊（清秀）。

：與其說是被透明玻璃包圍，更像反向魔鏡號不是嗎？

：反向魔鏡號www

「其實我剛剛所說的都是玩笑話是也！」

「我想也是。要是屬實還真不曉得該怎麼辦，說起來妳應該連我家地址都不知道才對。」

「不妨礙主推偶像的生活，是身為粉絲的頭號守則！」

「這樣的心態很不錯呢。不過咱不僅常常對小淡惡作劇，還站上了頭號摯友的立場，每天都能和她親親熱熱喔。」

「我這就去買攝影機是也。」

「哪有人會為了惡作劇去別人家架設三百六十台攝影機啦！真白白妳也別挑釁她呀！這孩子是那種一認真就什麼事都幹得出來的個性耶！」

「對不sorry～」

啊，總覺得累個半死。好想喝酒，好想以酒精澆熄這些煩憂……

「好！那我就來回答是也！我會證明自己是最能理解淡雪閣下的那個人！淡雪閣下在入浴時第一個清洗的部位，就是雙腿！」

「哦——她這麼說呢。小淡的回答呢？」

「呃……妳猜錯了。」

「我這就去死是也。」

「妳要是在這個節骨眼掛掉，世人就會把死因怪到我頭上了，還請放我一馬吧。」

「哎呀哎呀，小有素，這種事情偶爾也是會發生的啦。」

：哪可能是腿啊？畢竟本來就沒有啊。

：果然是從檸檬開始嗎？不對，還是從數字開始？

：幾位聊的應該是強○罐沒錯吧？

「還、還沒結束是也！我還不見得會輸在這一局！請真白閣下回答是也！如果您猜錯，我們就算平手了是也！」

「好好好，答案是頭部對吧？」

「啊，答對了！真白白好厲害！」

「我這就去死是也。」

「咱要沿用小淡剛剛的回應。」

真不愧是真白白！居然能輕輕鬆鬆猜中答案！

……奇怪？以這題的內容而言，能猜中答案的一方是不是比較恐怖啊？

「真白白……妳難道裝了針孔攝影機？」

「才不是。之前借宿時，咱們不是一起洗過澡嗎？」

「啊，原來如此……不對不對，妳能這麼輕鬆地猜中答案，不就代表我在洗身體的當下，妳一直在旁邊盯著看嗎！真白白好色！」

「有漂亮的東西當然要仔細打量呀。」

「哼嘎啊啊啊啊？別別別以為說些甜言蜜語就能轉移我的注意意意意意意意——」

「妳這不是超級動搖的嗎？」

「淡雪閣下！我可以變得比她更色情喔！」

「不用競爭這種東西啦！」

：真白白就各方面來說實在太強悍了。

：小有素腦袋裡的東西每次都和話題有點對不上笑死。

：畢竟連當上直播主的理由都很荒唐啊。

：是從頭開始洗的啊……我想到了！

：想到什麼？

：那次借宿直播很讚喔。

「倒不如說，真白閣下分明早就知道答案，太卑鄙了是也！這是作弊是也！」

「決定要出洗澡題目的不是妳嗎？這題只是湊巧落入了我的專業領域而已喔。」

「嗚嘰嘰嘰嘰……淡雪閣下是怎麼想的是也？」

「咦？我嗎？唔——……果然還是選些兩人都不曉得謎底的題目會比較公平吧。」

「真不愧是淡雪閣下是也。如此這般，該來想新的問題了是也！」

「真拿妳沒辦法。」

聊天室再次開始出起了題目，真是感謝他們的配合。

我雖然同樣盯著視窗挑選著合適的題目，這回先出聲的卻是真白白。

∴小淡現在的煩惱。

看來這則留言印入了真白白的心坎。

「就咱看來，所謂真正的搭擋，就是要能在小淡難受之際成為她的心靈支柱呢。」

「哦！真白閣下有時也會說些動聽的話呢！」

「真是囂張的後輩，要咱把妳畫成悲劇同人誌的主角嗎？」

「還請把淡雪閣下畫成和我出雙入對的關係是也！」

「這後輩真是八風吹不動。」

正當兩人感情融洽地閒聊時，我思索著現在的煩惱。

我現在感到煩惱的事嗎？究竟是什麼呢……

……啊。

我的腦海突然閃過了與現在的情況極為契合的煩惱。這下應該能行吧。

「怎麼樣，小淡？有答案了嗎？」

「嗯！其實我現在有一件非常苦惱的事喔！而且還是兩位都不曉得的煩惱！」

「喔！居然是連背下了淡雪閣下每次開台全數發言的我都不曉得的煩惱，真不愧是淡雪閣下。這代表您每天都不忘精益求精對吧！」

「真的嗎？咱們明明挺常在私下聊天的，居然連咱都不曉得？」

「是的。我已經做好萬全的準備，儘管放馬過來！」

見我自信滿滿的模樣，兩人一邊感到不可思議地說著，一邊絞盡腦汁思考。

明明懷著煩惱卻表現出自信滿滿的模樣——雖說感覺有些矛盾，但在想到這個煩惱的瞬間，我登時湧上了勝券在握的感覺。

「咦——是什麼煩惱呢……之前小咻瓦上場時曾因為看到稱讚自己很可愛的留言而表示開心，所以應該是想多被稱讚很可愛之類的？」

「不、不是啦——啊哈哈哈，這不是答案啦——啊哈哈哈……」

「啊，是之前說想讓觀眾們稱讚自己製作的料理，所以打算去買可愛盤子的那件事嗎！奇怪？但既然是咱沒聽說過的煩惱，應該就不是這件事了吧？抱歉抱歉。」

「真白白妳是故意的吧？幹嘛把人家私底下的糗事抖出來啦！」

：這可愛的生物是怎麼回事？

：小淡和小咻瓦不是都很可愛嗎！

：真白白是主推淡雪者的救世主。

：小咻瓦好可愛！

：**我等著看料理的相片。**

喏，因為妳亂講話，整個聊天室的氛圍都變調啦！觀眾們也太過配合了吧！

哎……臉好燙……

「喏！下一個輪到小有素了！妳認為我有什麼煩惱呢？」

「這真是個困難的問題是也……是水龍頭扭開卻沒有強〇跑出來嗎？」

「小有素，妳太天真了。小淡家的水龍頭早就有得喝了。」

「是我見識淺薄是也。」

「不不，沒得喝啦，沒得喝。說起來，喝強〇的時候就是要就著閃亮亮的罐子暢飲，才會有接吻的感覺，所以我是不會搞那種裝置的喔。」

「妳糾正的部分有致命性的問題喔。」

「是我多有失禮是也。我太小看淡雪閣下對強〇的愛了是也。」

「對不起，我恢復正常了。請把剛剛說過的話全部忘掉吧。」

真是的，都是妳們害我一不留神就說了怪話！這讓我感覺更丟臉了！

「唔嗯……這下可就真的想不到了呢。咱真是太丟人了。」

「我也不明白是也……淡雪閣下，您究竟是為什麼事感到如此煩惱呢？」

「好的，那就來對答案吧！我的煩惱是——」

我先是做了一次深呼吸，像是在梳理思緒似的閉上雙眼，這才開口說道：

「我不希望妳們兩個繼續爭執下去。」

「淡、淡雪閣下……」

「小淡……」

「別為我這種小角色爭執不休啦。我想多看看妳們兩人的笑容呢。」

穩了。這下一定穩了。

完全掌握氣氛的我揮出了使出渾身解數的一擊，這絕對能奏效的。

如此一來，這場莫名的爭執想必就能劃下句點，三人也能在和好如初的氛圍下結束直播。

啊〜豪恐怖喔〜想不到我竟然能在短短一瞬間想出這麼完美的劇本，臨機應變的能力真是豪恐怖喔〜

「咱才不要。小淡是咱的東西喔。」

「淡雪閣下，人生總會遇上無法避免的戰鬥是也，對我來說，那便是此時此刻是也。」

但比起我臨機應變的能力，兩人的爭鬥之心才是真的豪恐怖喔〜

「為什麼呀……從剛剛的氣氛演變來看，現在明明就是收尾的最佳時機呀……不是應該用『小淡歸真白白、咻瓦歸小有素』這種方式結束這場爭鬥嗎……？」

「咱才不要。小淡和小咻瓦都是咱的東西。」

「淡雪閣下正是因為有著兩種不同的個性，才能成就淡雪閣下這樣的存在是也。萬萬不可少掉任何一方是也。」

「妳們兩個其實只是在捉弄我為樂吧？」

在那之後，類似的場景重複上演了好幾次，我羞於見人的資訊就這麼接二連三地公諸於世。

：小淡雪理想的求婚方式。

「從我先來是也。在羅曼蒂克的燈光之下，被周遭人群圍繞的我，只為了淡雪閣下一人大聲吶喊：『淡雪閣下，就算次於強○也無妨，請讓我當您的二號女人吧！』——就是這樣。」

「妳要是做出這麼荒唐的行為，我一定馬上裝作不認識妳回頭就跑。這是史上最糟糕的求婚台詞呢。」

「小淡理想的求婚方式呀……總覺得小淡的私生活並沒有給人闊綽華麗的印象，所以咱應該會挑選在家度過慵懶時光的某個瞬間吧。」

「啊、啊哈哈哈哈！這點子不錯，是正確答案！但被說得這麼精確，反而讓我莫名害臊了起來耶……」

「淡雪閣下是很珍惜日常生活的人呢是也！」

「出、出下一題吧！」

：小淡雪最敏感的性感帶。

「好——就拿這則留言來出題吧是也。」

「小有素只是單純想探聽吧，我拒絕。」

「被看穿了是也。那麼改成真白閣下的性感帶吧。」

「為什麼話題會轉到咱身上？」

「因為我認為淡雪閣下會想知道是也。」

「向知我甚深的小有素送上一分。」

「喂喂。」

：小淡一旦露出可愛的模樣便讓我感到反差，但還不壞。

：這位仁兄是將來的真愛粉啊。

：小淡既可愛又會做家事又會照顧人又很有趣，是位美妙的女性喔。

：有趣這點真的加了很多分呢。

：老實說好想和她結婚。

：想一起喝強〇的對象排行榜第一名。

‥性感帶笑死。

‥小淡有時候會敗給慾望露出咻瓦的一面，好喜歡。

哎，畢竟我總是以咻瓦的身分胡鬧，所以現在已經成了沒臉能丟的可悲狀態，這點小吵小鬧倒沒什麼問題啦……但得認真從頭吐槽到尾這點，還真的是折騰死我了……

「嗚……差不多要到結束的時間了是也……不過老實說，我覺得目前依舊無法決定哪一方更配得上淡雪閣下呢。」

「是呢。這個答案肯定不是三兩下就能得出的，今後想必也會持續競爭下去吧。然而——能對小淡有更多瞭解，應該也讓小有素感到很開心吧？」

「——唔？難、難道真白閣下是為了我才……」

「不過以現況而言，還是往來已久的咱更有利呢。咱覺得小淡最終一定會成為咱的東西。」

「妳們兩個怎麼講得像是佳話一則的樣子……」

「但咱是真的不想把小淡交出去喔？」

「啊啊啊啊啊妳就別再講這種話啦啊啊啊啊——！」

「真白閣下……您確實是一位值得尊敬的勁敵是也！」

到頭來，兩人終究還是展現出和樂融融的交情。

儘管直播就此結束，但在房間安靜下來之後，我隨即默默地回憶起先前祕而不宣的「我的煩惱」。

煩惱啊……老實說，晴前輩最近的動態實在太過撲朔迷離，讓人有些在意。然而因為我參加演唱會一事屬於驚喜橋段，加上和晴前輩有關，是以我沒辦法在剛剛的直播裡講述此事。

晴前輩，您究竟在想些什麼——又是抱持著何種心思決定舉辦這場演唱會呢——？

Live-ON常識派

演唱會的舉辦日終於近在眼前，在正式開演之前，我能開台的次數恐怕已經寥寥無幾。

這個節骨眼要特別注意的，便是不能胡鬧過度，以免落得精疲力盡的下場。為此，我們今天特別策劃了一場很有看頭的靜態節目。

如此這般——

「一！大家的媽咪神成詩音！」

「二！清秀的擬人化心音淡雪（小淡）！」

「三、三！大家的老婆柳瀨恰咪！」

「「「三人湊在一起，便是Live-ON常識派！」」」

：啥？

：啥？

：啥？　￥2000

：這個陣仗是怎麼回事……

：我點了瀏覽器的回上一頁。

：我按了兩次不喜歡。

：在現代日本偽造身分是很嚴重的罪行喔！

：來個人告訴她們鏡子這種物品的存在吧。

：是在等人吐槽嗎？

：差異分別如下——一、母性很糟糕的傢伙；二、存在很糟糕的傢伙；三、溝通能力很糟糕的傢伙。

：黑（歷史）之三連星。

：給我回小學重學六年什麼叫做常識派。

：一號和三號或許勉強無罪，但是二號，妳就是不行啦。

：以為讓小淡上就沒問題嗎？妳的思考能力可能已經變得遲鈍了，要喝強〇嗎？

：開場就有爆點。

：在讓清秀擬人化到一半時混入了異物喔。

：已經是傳奇人物了。

好啦好啦，雖然才剛開場就收到了飽含愛意的挖苦和抨擊，總之這次就是由我們三人一起直播喔！

這次聚在一起的成員是不是有些出人意料呢？

而這回的活動發起人，竟然是那個以內向出名的小恰咪。受邀的我其實才是最驚訝的。然而一想到她肯定是鼓起勇氣邀約，我實在沒有拒絕的選項！

「好的好的，如此這般，受本次的發起人小恰咪之託，司儀依然是由詩音媽咪我來擔任！一開始先向各位說明企畫的內容喔！」

「「麻煩您了——」」

「呃——首先，想讓大家知道的大前提是，Live-ON裡頭全都是怪人。」

「「沒錯——沒錯——！」」

：嗯嗯，包括妳們在內呢。

：喂喂，所謂的順勢吐槽如果沒在最後好好吐槽，可沒辦法算數喔？

：畢竟二號小姐還是怪人之首呢，妳們都有長眼睛嗎？

：恰咪大人怎麼了……

：難道……不，應該不可能吧……

「正因如此，身為常識派的我們幾乎天天都得和她們交手，導致身心俱疲呢。今天就是這些老好人們召開的互舔傷口大會喔……」

「「啊——累死人了——」」

：啊——累死人了——（語氣平板）

：想出這劇本的人是天才吧？

：喏，想舔的不只是傷口而已吧？快說真心話啊？快說真心話啊？

：要保持這樣的氛圍到關台為止嗎……好羨慕她們鐵打的心靈。

：此情此景最是充滿Live-ON本色。

「如此這般，兩位不覺得隨著四期生加入，Live-ON變得更為混沌了嗎？」

「對呀，我都懷疑Live-ON的人事主管是搭載了人工智慧的強〇呢。」

「大家確實都很厲害呢，但我還拿不出勇氣和她們合作就是了。」

「咦，是這樣嗎？」

詩音媽咪似乎有些訝異。

的確，我也沒有小恰咪和她們合作過的印象。

不過說起來，小恰咪原本就是合作頻率較低的直播主就是了……

「她們的個性都很獨樹一格，我整個人都怕爆了呢。」

「但說穿了，這其實就是Live-ON一如往常的作風啊……」

「不久之前才把園長變成組長的罪魁禍首居然好意思說。」

「那是恐怖遊戲的錯！我沒有錯！我完全沒有錯！」

「不過，如果後輩們都這麼努力，我也不能一直駐足不前。老實說，今天之所以會邀兩位一起合作，也有著這層原因在呢。」

哦——原來如此，是這麼回事啊。

「我今天會努力開口的，請大家多對我投以關愛的眼神喔。」

「瞭解。不過『讓腦袋嗨起來』其實不等於『好好努力』喔！」

「就是說呀！一旦在Live-ON待久了，就連現實世界的常識都不會管用，可不能忘記正常人的感性呢！」

：經驗者如是說。

：詩音媽咪只是自己沒察覺，本質其實也是Live-ON呢。

：小恰咪好堅強，好喜歡。

：總覺得在小恰咪開ASMR台之際常能看到許多死忠粉絲在線，光是這點就十分厲害了。

：之前賣語音檔案的時候也是蔚為話題呢。

：感覺她走的是正統派可愛系，所以在Live-ON甚至稍微給人問題兒童的印象。

：畢竟周遭全是問題兒童，接近常人的成員反而被當成問題兒童實在笑死。

「開場白到此為止。總之呢，今天我們三人只是想暢所欲言，聊聊Live-ON直播主們特別糟糕的言行舉止。」

「我們姑且有向相關成員確認過是否有不能講的內容，但大家都表示：『Live-ON不存在NG二字！』所以應該沒問題。」

「不如說以現在的風氣而言，喜歡NG話題的人反而多如繁星呢。」

儘管聊天室一如預期地刷滿了「妳們還好意思說」的留言，但要是聽進去便會羞愧得想找洞鑽，所以還是帶著一顆堅強的心靈繼續吧！

「那就先聊聊有沒有因為其他成員而感到困擾的話題吧。」

「我、我想適應一下這個話題的氛圍，所以可以晚點再說吧？」

「由我先開始嗎？」

「哦，那就有請詩音前輩了。」

打頭陣的是詩音前輩。老實說每次合作的時候，她總是給人留下勞苦功高的印象，不曉得會聊些什麼樣的小故事呢。

「該說哪件事才好呢……就我而言，幾乎每個成員都讓我很傷腦筋呢。」

「我想也是呢，您辛苦了。」

「是呀是呀，我堪稱飽受折騰呢。對吧小淡？那真的很辛苦喔？」

「怎、怎麼了嗎？清秀的我應該沒讓詩音前輩傷過腦筋吧？」

「嗯嗯，放心放心，媽咪我也喜歡得花心思照顧的孩子，所以妳大可保持現在的模樣喔？我會照顧妳到最後一天的。」

「小恰咪救我，總覺得被關起來的伏筆已經埋下了。」

「哈哈哈……我會小心不會重蹈覆轍的。」

聊到這裡之際，詩音前輩這才察覺已經偏題，連忙想了個新的話題。

她想必也知道若是連司儀都失控，便可能搞砸整個企畫吧。即使覺醒了本性，詩音前輩在這方面依舊做得有條不紊，對Live-ON來說堪稱是獨一無二的存在。

真的是受到她諸多照顧了……

為了聊表歉意，就讓我幫忙推進話題吧。

「您最近感到最頭痛的事是？」

「啊——……昨晚我和聖大人私下一起玩遊戲，結果她為了看到我吃驚的反應，對我小小惡作劇了一下。雖說這幾乎已經是家常便飯就是了——」

「果然和聖大人有關，和我預料的一樣。」

「畢竟我們相處的時間很長嘛，真的是一直給我添麻煩呢！」

：這兩人給人的印象就是Live-ON的模範配對。

：明明個性完全相反，為什麼能那麼合拍啦？

：我猜性大人是相信自己不管做什麼，詩音媽咪都會好好幫腔善後吧。

：之前聖大人也說過，每次遇到有多人參與的場子，如果沒有明確地指定合作對象，她基本上都會找詩音媽咪組隊呢。

：晴晴雖然是Live-ON的起點，但這兩人肯定也為Live-ON的成長帶來莫大的影響。

「話說回來，您和聖大人是基於什麼樣的契機結識的呢？」

「啊，我也想知道呢。畢竟我們這些後起的三期生對這方面都一無所知。」

「契機呀……我好像沒在直播上聊過詳細的情形耶。不過我們相遇的契機其實也沒多特別啦。」

說著，詩音前輩彷彿在緬懷過去似的，緩緩地道出當時的事。

她第一次和聖大人見面，似乎是二期生正式出道前在公司曾打過照面。

話雖如此，她們並非一見如故，首次見面的她們，只是普通地對彼此說了些加油打氣的話語。

在那之後，出道日終於來臨，她們開始以二期生的身分活動。

或許這樣說會讓人感到有些意外，但觀眾們一開始對聖大人的評價相當兩極。

儘管時隔已久，是以我並未親眼目睹過，但這件事還滿有名的。

當時晴前輩有著相當強烈的存在感，甚至被稱為【Live-ON的朝霧晴】或【朝霧晴的Live-ON】，Live-ON的形象還不像現在這樣，給人「怪人雲集之地」的感覺。

而聖大人雖然憑藉過於強烈的個性博得知名度，卻不時會在社群網站寫下一些毫不顧慮他人觀感的言論。據說當時的她也是在二期生的圈子之中，最少與他人互動的成員。

儘管以時間軸來看，照理說應該不太可能。但我隱約覺得聖大人當時的狀況，或許和我忘記關台後惹出的風波有些類似。觀眾看待直播主的印象便是如此重要。

而又過了一陣子後，甚至連在Live-ON擔任治癒角色的詩音前輩開台之際——

：我勸妳別和宇月聖走太近比較好。

偶爾也會在聊天室出現這一類的留言。

對此，詩音前輩坦蕩蕩地表示：「我知道大家都是為我好，非常感謝大家。不過一個人的善惡好壞，我只會親自判斷。」後來在詩音前輩的邀約下，這對日後的知名拍檔總算正式敲定初次的合作直播。

基於前述原因，當時聖大人的反應似乎相當冷淡。然而詩音前輩不屈不撓地持續邀約，似乎才讓她點頭同意。

合作直播當天，聊天室呈現議論紛紛的詭譎氣氛，最終卻以跌破眾人眼鏡的大成功作為收場。聖大人重口味的耍寶內容，被詩音前輩用更為強勁的吐槽回擊，雙方都拉抬著彼此的存在感。時至今日，當天的合作早已成了眾人口耳相傳的傳奇直播。

在那之後，聖大人開始積極地主動與他人交流，人際關係逐漸演變成如今這般，針對她的批判風聲也明顯減弱許多。

「真是好懷念呀。然而現在回想起來，我依舊不懂當時的聖大人為什麼會突然變得和我這麼親密耶？」

描述完和聖大人混熟的往事後，詩音媽咪以聽似困窘，卻又有些開心的語氣這麼說道。

其實這根本不需要費神思考。

雖說聖大人總是給人瀟灑傲然的形象，但終究是個女孩子。確實有著這樣一面的她，既會感到開心喜悅，也會傷心難過。

對聖大人而言，詩音前輩是拯救了自己的重要對象，她肯定也極為看重這段回憶——和現在對此如數家珍的詩音前輩一模一樣。

啊，果然這兩人是絕配啊！

「原來發生過這樣的事呀？我都不禁感動起來了。」

「好尊貴呀……光聽這段過往，就讓我飽餐了一頓呢。」

「又、又不是什麼大事！只是感情變好了一點啦！」

：極為輕易實行的過分行徑貼貼（註：典出漫畫《ＪＯＪＯ的奇妙冒險》第七部登場的替身「Dirty Deeds Done Dirt Cheap（簡稱Ｄ４Ｃ）」中文譯名）。

：**我超愛聖詩配。　¥１００００**

：這已經是夫妻等級了吧！

：聖大人穿的是有十字架裝飾的黑色哥德風格服飾，詩音媽咪則是穿著白色巫女服。不只內在，就連外觀都給人恰恰相反的印象，反而讓這個配對更有深度。

：其實二期生成員都有紅色的眼睛喔。

：Live-ON難道早就瞄準了這點……？

：婚禮就辦在大駕光臨塔的塔頂吧！

：這什麼聽起來像是矗立在一整片百合叢生地中央的高塔，聽起來棒透了！

〈宇月聖〉：詩音～妳在聊什麼呀～？多介紹些更有聖大人風格的小故事啦。喏，聖大人不是有著光看一眼就能猜出女生身穿的內褲顏色的能力——俗稱直視之痴眼（註：惡搞遊戲「月姬」主角能力「直死之魔眼」）**嗎？**

：聖大人也在看！

「喔，聖大人也來了啊。呀呵——」

「詩、詩音前輩的眼睛顏色也一樣，所以您也有能猜出內褲顏色的超能力嗎？」

「我哪辦得到呀？小恰咪都聽了些什麼話啦！」

「真的嗎？說不定您只是還沒發掘出自己的能力，其實是辦得到的喲？喏，不妨試著猜猜看我今天穿的內褲顏色吧。」

「妳又打蛇隨棍上了……藍色！隨便猜一個就行了吧！」

「咦？奇怪，請等一下，我做個確認…………啊。」

「咦？怎、怎麼了？」

「沒、沒事沒事，什麼事都沒有啦。呃——我們該聊下一個話題了吧？」

「這反應是怎麼回事？聽起來好像有那麼一回事，別這樣啦！」

「這下愈來愈有根據了呢。」

〈宇月聖〉：沒錯沒錯，就這樣隨興發揮即可。

〈晝寢貓魔〉：哇——害羞了——哇——☆

〈宇月聖〉：我沒有害羞喔。能讓我害羞的話就是個大人物呢（註：典出搞笑藝人「長州小力」模仿職業摔角手「長州力」做出的發言：「我沒有生氣，能讓我生氣的話就是個大人物呢。」）。

〈晝寢貓魔〉：突然冒出職業摔角手讓人困惑不已。

：二期生都湊齊了耶。

：主推二期生的我超開心。

：小淡雖然似乎完全沒發現，但剛才的行為一點也不清秀喔……

「好的好的，我的話題就先說到這裡，接下來換小淡吧。妳最近有什麼煩惱嗎？」

「我嗎？應該是有個同名同姓同貌同聲同命的同行一直在胡鬧，害我承受了許多莫須有的罵名吧。」

「那個在中文其實有著既簡潔又方便的另一個詞彙，叫做『同一個人』喔。」

「還有，我不知為何變得常常遇見奇怪的人呢。」

「奇怪的人？怎麼回事？」

「呃，以最近的例子來說——」

我翻找記憶，向兩人說明起最近遇上的荒唐人物。

那是我打算看電影而跑去影音出租店時發生的事。

我在店裡徘徊了一會兒，發現一名二十來歲的女性露出嚴肅的目光，站在放有兒童動畫「甲〇王者」的陳列架前物色著商品。

哦——原來這部作品在其他年齡層也很受歡迎啊。不對，說不定是為了家裡的小朋友租的？我懷著這樣的念頭，略顯失禮地眺望著她的行動。

然而下一瞬間，我覺得自己的背脊幾乎要凍結起來。原因是聽見了那名女子的自言自語。

我能保證，她確實以略帶偏執的聲色說了這些話——

「王道帥哥赫克力士長戟大兜蟲和肌肉結實的大象象兜蟲的配對真是讓人欲罷不能呢～！以粗大硬挺的男性象徵粗魯地相互撞擊，瞄準對手的弱點……果然甲〇王者是最棒的ＢＬ作品呢！」

「「！？」」

：？

：花惹發？

：咦？咦？

聽我述說的兩人和聊天室登時嘈雜了起來。

但他們所受到的衝擊，肯定遠遠不及我這個目擊者吧。

說起來，我當時真的是露出了（ﾟдﾟ）這樣傻眼的表情，愣在原地動彈不得呢。

「順帶一提，她在那之後看著甲蟲們打鬥的光景說：『這就是貨真價實的鬥兜呢。我已經對長在人類身上的假兜提不起任何興趣了。況且還免費贈送抹滿樹液的潤滑劑玩法……今天就決定是這一片了！』」

「這、這世上還真是充滿癖性獨特的人呢……」

「真不愧是小淡，這就是所謂的物以類聚啊。」

「呃，請別拿我相提並論啦！」

「我覺得向氣泡酒求婚的人應該能和剛剛那位打一場精彩的架吧？」

「……不予置評。」

：居然是只對甲蟲感到興奮的腐女，這是相當高竿的沙場老將啊。

：這是未來的Live-ON候補啊。

：主推鍬形蟲的百合廚（註：日本網路用語，為「廚房」（音近國中生）的縮寫，除了指稱年紀較小的網友，也用於指稱部分狂熱者）**來啦！讓路讓路！**

：這到底是怎樣……

：原來如此，有兩根大角的赫克力士長戟大兜蟲便是二刀流，同時也代表兩性具有的意思啊……咦？是小咻瓦嗎？

：假說——心音淡雪其實是赫克力士長戟大兜蟲。

：看來說什麼都不能提出異議了（兩性具有真愛粉）。

：這瘋狂的聊天室是怎麼回事？

聊完甲〇王者真愛粉（性方面的意思）大姊姊的小故事後，我又介紹了幾個自己遇過的怪人小故事，對話回合隨後暫且告一段落。

以順序來說，下一個就輪到小恰咪了。不過……

「但我基本上根本碰不到會讓人感到困擾的人類呀。」

「「啊～……」」

小恰咪才一開口，便毫不掩飾地陳述如此悲傷的事實，讓現場的氣氛為之一僵。

「這還真是……不過應該多少舉得出例子吧？就算是小事也無妨喔。」

詩音前輩出言接話，試圖引導小恰咪帶起話題。儘管我也打算開口協助，小恰咪卻出乎意料地這麼說：

「不必這麼擔心喔。畢竟這次企畫的發起人可是我，當然舉得出讓我感到困擾的人啦。」

「咦？是這樣嗎？但妳剛剛不是說碰不到會讓人感到困擾的人類嗎？」

「對啊！」

正當我和詩音前輩偏了偏頭之際，小恰咪氣勢高漲地宣告道：

「讓我感到困擾的，就是害我陷入這般窘境的我自己喔！希望大家幫我想些辦法改善這種狀況！」

「「咦咦咦……」」

這種感到困擾的形式還真是很有小恰咪的作風。

「我啊，最近發現了一件事——那就是我似乎沒什麼個性呢。」

「我不覺得有這回事啊。」

「畢竟說到我的個性，就只有看起來像個性感大姊姊但其實是個內向草包這點吧？」

「小恰咪冷靜點！妳的屬性已經多到要滿出來了！這只是因為Live-ON充斥著妖魔鬼怪罷了！」

：笑死。

：不妨查一下「只有」的意思。

：這是在做讓人待在特殊環境下觀察心理變化的實驗嗎？

：好一個偏門的舉例。

儘管詩音前輩循循善誘，但似乎沒什麼效果。小恰咪的語調依舊沉悶。

「大家不是都很容易成為熱門話題的中心人物嗎？我幾乎沒有類似的體驗呢……」

「蔚為話題可不等於萬事大吉喔？我覺得小恰咪總是能鞏固既有的人氣，代表妳擁有一批相當死忠的粉絲呢。」

「是……這樣嗎？」

「就是說呀！雖說如果投下震撼彈，炒熱話題的人數比例也會隨之增加，但我認為這終究只是比例高低的問題。」

「像我的話題超過九成都和搞笑有關，有時也會羨慕能被誠心稱讚『很可愛』的小恰咪呢。」

「原來如此！這就是所謂外國的月亮比較圓吧。」

「畢竟個性這種東西，如果硬是添上本來沒有的要素，只會給人畫虎不成反類犬的印象呢。」

：總覺得懂。

：應該說若非天縱之才，八成跟不上Live-ON的步伐吧……

：小淡也很可愛喔（純指外觀）！

：事實上她內在的可愛也獲得核心粉絲的肯定。

：畢竟她立下了支撐Live-ON的汗馬功勞，搞笑以外的部分也會被看在眼裡的。

在我們拚了命的說服下，小恰咪的語氣這才逐漸恢復以往的活力。

雖然是個棘手的煩惱，不過誠如詩音前輩所言，若貿然挑戰新事物卻以失敗收場，才是真的本末倒置，況且還可能讓當事人對直播產生陰影，我可不想看到同伴落到這種下場。

儘管有上進心是件好事，但接納自己的面向有時也很重要。

啊，我還有一件事得說出來才行。

「另外，我認為小恰咪的聲音也是帶有個性的喔。」

「的確！詩音媽咪同樣覺得包含演技在內，妳在聲音方面的技巧堪稱Live-ON的第一把交椅呢！」

「聲音？啊，我的確是喜歡ASMR，況且常常做這類的直播呢。」

「妳的聲線不僅沉穩，還帶了點嬌媚的音色，怎麼聽都聽不膩，甚至會讓人上癮耶。」

「真的嗎？呵呵，聽到妳們稱讚我的聲音，我莫名地有些開心呢。」

「畢竟我的聲音沒什麼特徵——說平凡也不為過，所以更加覺得妳的聲音很有個性喔。」

這句話是我脫口而出的肺腑之言。只不過——

「才、才沒這回事呢！」

只見小恰咪發出前所未聞的大嗓門這麼回應。

我和詩音前輩都為她這罕見的模樣感到困惑，小恰咪卻逕自喋喋不休地說了下去：

「小淡雪的聲音絕對不是所謂的缺乏個性！說起來人類的聲音不僅五花八門而且千變萬化，才不存在沒個性這樣的概念呢！即使同樣是名為人類的生物，我們的聲音也和外貌或性格一樣是指屬於自己的東西。兩位應該也覺得這鮮豔的音色不像是從震動中產生的對吧？聲音不僅是人類進化的奇蹟，也是神祕的存在，更是神聖不可侵犯之物！我認為小淡雪和詩音前輩的聲音各自帶有截然不同的特色，小淡雪略顯低沉且慵懶的聲音能讓耳朵產生幸福感，有時拉長語尾之際還會略帶沙啞，這樣的嗓音更是美妙到讓我感到酥麻呢。詩音前輩的聲音則像是如實反映出自己的個性般有著包覆一切的柔情，簡直是活生生的聖母經。光是開口就能治癒別人，不覺得這是很值得自豪的本事嗎？」

像是聊到個人喜好的阿宅般，小恰咪以流暢的口才地說個不停。

咦？騙人的吧？難道說迄今為止的鋪陳……都只是為了這一刻所埋下的伏筆……？

「欸，妳們這下明白聲音是多麼美妙的東西了嗎？唔嗯——總覺得這樣還不夠呢，我還要再多說一點！人類的聲音真的很經典！」

小恰咪沒理會錯愕不已的我和詩音前輩，展露連身為同期的我都沒見識過的三寸不爛之舌。最後甚至還莫名地押了韻。

這下糟糕了。雖然我不清楚糟糕的點究竟在哪，但第六感正猛敲著警鈴——要是繼續放任她說下去，很可能演變成相當不妙的情況！

詩音前輩似乎也若有所悟，頂著一張困窘的面孔答腔，同時也思索著能夠阻止小恰咪說下去的話語。

請放心吧，詩音前輩！同期的危機由我來阻止！我不會膽怯！也不會說出言不由衷的話語，

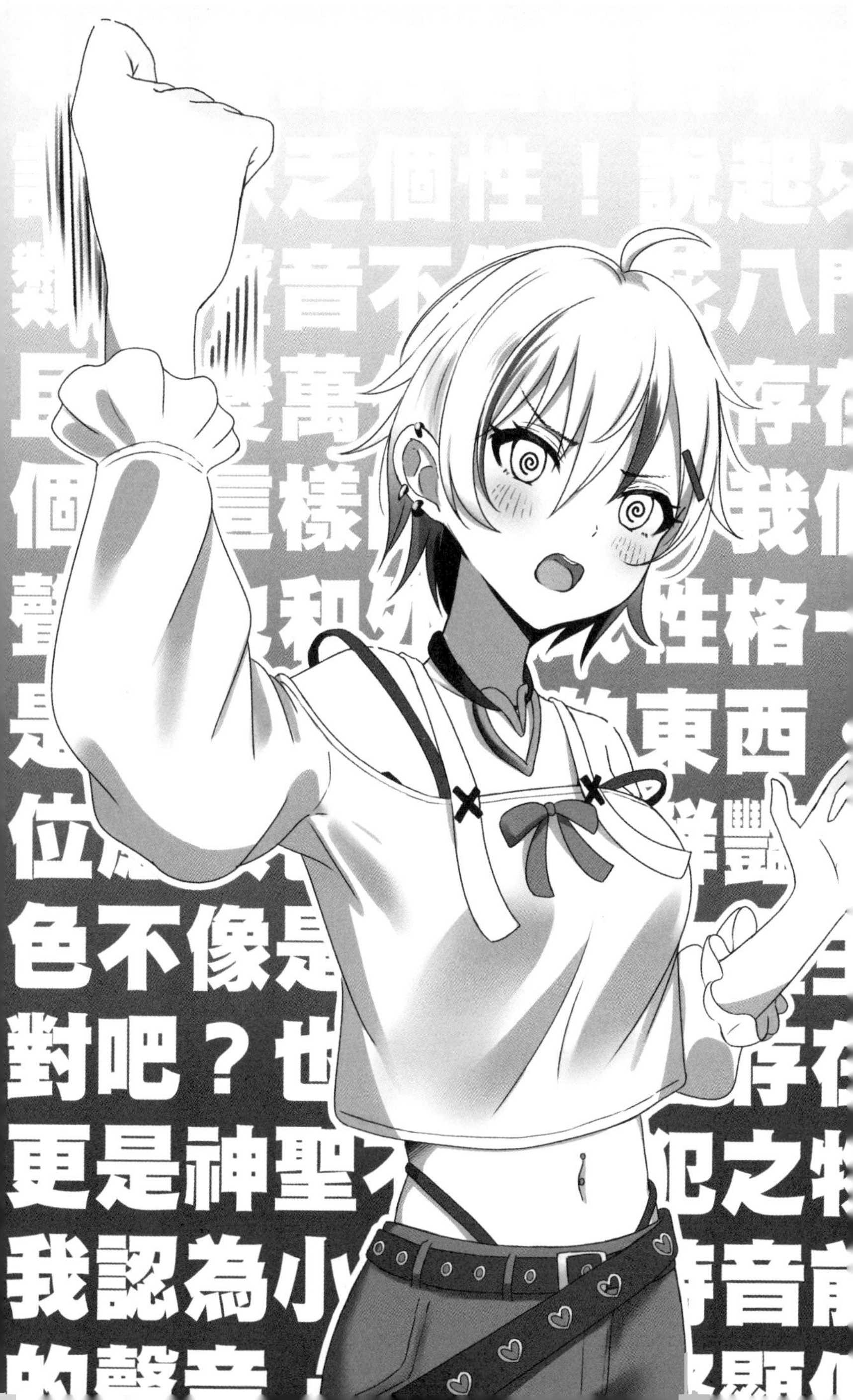
之個性！說是
音不
萬
樣
和
性格
東西
位
色不像是
對吧？也
存在
更是神聖
吧之
我認為小
音

就讓我正面迎戰吧！

「不可以。」

「我不聽。還有喔，首先是——」

「嗚啵啊（註：遊戲「Final Fantasy 2」最終頭目「皇帝」臨死時的慘叫聲）————！」

「小、小淡——！」

：恰、恰咪大人？

：啊（察覺）。

：糟糕，進化動畫要出現了！bbbbbb（註：典出電玩「精靈寶可夢」的進化系統。在進化動畫途中按下B鍵便能阻止進化）！

：真遺憾，拒絕權並不存在！

：難道沒有救贖嗎？

：揭露壓抑已久的自己的現象，人們稱之為深夜直播。

不行，現在的小恰咪就像一台失速列車，一旦發動就沒有停止的概念！

「嗯，總之我以淺顯易懂的方式說明吧！對了！小淡雪不是發明了一個叫『等於SEX理論』的東西嗎？就用那個舉例吧！」

「呀啊——！小恰咪！女孩子不可以把SEX這個煽情的詞彙掛在嘴邊啦！」

「啥？」

總覺得詩音前輩的口中迸出了極為可怕的冰冷嗓音，但現在不是管這個的時候！

「依照我的見解，人類總是在和聲音ＳＥＸ，性器官什麼的都是其次。妳們仔細想想，會讓人感到性興奮的事物，是不是很多都來自於聲音？喘息聲自不待言，說出淫糜的詞彙或是嬌媚的音色也能助興。DL○ite的成人語音明明是以聲音作為主角，卻能賣得大紅大紫，無疑是坐實了這樣的論點。正是如此喔。」

啊……小恰咪，原來如此，我慢慢能理解妳想說什麼了。問我為什麼知道？因為現在我的思緒正被小恰咪的聲音攪亂，我的內心被她蘊含在聲音當中的強大力量玩弄自如啊。

「試著將我剛才的話運用在日常生活中看看吧？人因聲音而有所感受的例子可說多如繁星，我想妳們應該也明白這個道理。這正是人與人的連結，也就是ＳＥＸ喔！我們的直播也是如此！觀眾之所以能感到開心、受到感動或大為吃驚，都是源於聲音，藉此討生活的我們這些直播主，就是聲音的魔術師喔！妳們這下明白聲音有多棒了嗎？那我就再用等於ＳＥＸ理論淺顯易懂地說明一遍吧。簡單來說，我們這些直播主便是以聲音和觀眾們ＳＥＸ，這代表的意義是！」

「「這、這代表的意義是？」」

「所謂的直播主就是『用聲音ＳＥＸ的魔術師』啦！」

啊————完蛋了————

：大草原。

：勁爆的詞彙誕生了。

：抱歉，像我這種靠聲音脫處但還是處男的傢伙很常見嗎？

：以後的招呼語就是「大家好！我是Live-ON旗下的聲音ＳＥＸ魔術師柳瀨恰咪！」對吧？

我一點也不懂。

：之前直播時，她確實也是在聊到和聲音有關的題材之際變得滔滔不絕，但沒想到居然是這麼重度的聲音宅……

我能感受到自己的雙眼正失去光輝。

聊天室留言的速度宛如傾盆大雨，眼看已經是覆水難收了。等直播結束後，肯定會登上說特的趨勢榜吧。

應該說總覺得有種既視感，之前的園長變組長事件好像也是這種發展喔？

奇怪？難道都是我害的？我有能夠暴露他人癖性的超能力嗎？

總、總之就結果來說，小恰咪挖掘出自己深藏不露的一面，進而解決了她想獲得強烈個性的苦惱。嗯，就當作是這麼回事吧。要是不這麼想，耀眼的明天就再也不會到來了。

喏，連詩音前輩從剛剛開始就一直呢喃著「原來如此」，一直不肯面對現實呢。詩音前輩拋下自己身為司儀的職責不管，可說是極其罕見的狀況喔？

「呃，似乎把話題延伸得太遠了，回歸正題吧。話題的開端是小淡雪覺得自己的聲音沒有個性對吧？誠如我方才所言，小淡雪的聲音其實充滿魅力。我個人最為推崇的，便是她變成小咻瓦時的音色變化。平時明明給人沉穩的印象，但只要喝了強〇就會稍稍拉高聲調，那種略帶憨傻的反差感真是讓人欲罷不能。每當小咻瓦連開黃腔之際一想到那樣的聲音和素來沉穩的小淡雪是出自相同的聲帶就不禁讓我的胯下——」

在那之後，這輛失速列車依舊全無減速地狂飆了一番，直到所剩無幾的直播時間用盡為止，都沒有停下那連珠砲般的話語。

後來過了幾天，我和詩音前輩都收到乍看宛如論文的工整長篇致歉文。不過我們兩個其實沒受到什麼損失，所以不成問題就是了。

至於最關鍵的小恰咪本人——則是在往後的直播頻頻被提及此事，正式確立了遭眾人欺負的聲音宅身分。

閒話　二期生與晴

「好——這下就萬無一失了！辛苦了！」

「辛苦了。」

「辛苦啦！」

「辛苦咧！」

此處是沒有觀眾的大型舞台——四人響亮的喊聲迴盪在如此矛盾的空間當中。

這天，眾人來到晴的個人演唱會的實際場地進行彩排。

聚集在此的共有四人，為首的是一期生朝霧晴，以及二期生宇月聖、神成詩音和晝寢貓魔。

根據演唱會的曲目，這個組合會一同翻唱某首歌曲，如今剛好是歌曲結束的時刻。由於演唱會上半場也在此告一段落，四人也稍作休憩。

「總覺得感觸良多呢。我們居然能站上這麼大的舞台表演。」

詩音這麼一說，貓魔和聖便頷首表示同意。看著這一幕的晴憶起過往時光，登時噗嗤一笑。

「好懷念喔～那時和現在不一樣，妳們三個好像都是勉勉強強維持著生計呢。」

「貓魔我可沒過得那麼苦喔。畢竟我做了很多想做的事，況且我本來就不是那種會感受到壓力的個性。但這兩人是真的吃了不少苦頭呢。」

貓魔瞪向兩人，聖和詩音隨即有些尷尬地別開臉頰。

「我是因為……看到晴前輩大紅大紫的模樣，以為自己踏入的是一座金碧輝煌的殿堂，事實卻和我想的完全不同啊！仗著晴前輩的名氣，前幾次直播確實聚集了不少觀眾，也讓我相當開心。但在那之後，我每開一次直播，前來觀看的觀眾就少了一些……況且準備直播很辛苦，器材也偶爾會出問題，還有人會在網路上寫些流言蜚語──我很快就察覺到，在冷冰冰的現實面前，根本沒有撒嬌偷懶的餘地嘛……」

「然而過沒多久，妳不就鞏固了自己的人氣，事業也步上軌道嗎？代表即使沒有沾我的光，會被小詩本人吸引的人們依舊在逐步增加呢。」

「所以我現在真的安心很多嘍～！」

「喔──好乖好乖。」

晴抱住哭哭啼啼的詩音。小詩是晴對詩音的特殊稱呼。

面對直播主或是親暱的人物時，晴大多會像這樣以暱稱稱呼，這麼做其實是有理由的──既能加深對對方的印象，也能透過這些獨特的小細節拉近彼此間的距離，藉此構築八面玲瓏的人際關係。

——晴有著一顆絕頂聰明的腦袋。

「不過，聖大人我應該沒做什麼會被貓魔瞪的事吧？」

「「「沒這回事。」」」

聽到聖大人置身事外的反應，這回除了貓魔，其餘兩人的尖銳視線也跟著刺了過來。

「聖打從出道之際就一直是危機重重，完全是遊走在崩潰邊緣的狀態喔。」

「剛才提到的出道前期，也是我花了很多心思擔心聖大人的一段時光呢！」

「當時的聖聖真的給人很尖銳的印象呢。」

「……不過以出道時的話題性而言，我應該是獨占鰲頭吧。」

視線和語言的棘刺朝著聖直戳而去。聖找了個藉口，再次撇開臉龐。

看到她的反應，三人不禁笑了出來，最後連聖也加入這場歡笑之中。

她們歷經Live-ON的黎明期，在相互扶持下交棒給三期生，奠定「箱」（註：偶像圈術語，指的是一整個偶像團體）的人氣基礎。對於曾共患難的四人來說，她們之間存在著特別的——只屬於彼此的羈絆。

「就聖大人我來看，很驚訝妳願意舉辦這次的演唱會呢。」

「啊，的確！畢竟晴前輩雖然給人萬眾矚目的印象，但其實意外地喜歡退居幕後呢。」

「貓魔我也很感興趣喔！」

除了Live-ON的工作人員外，包括直播主在內的所有人都不曉得晴下定決心舉辦演唱會的緣由。聽到三人的提問，晴先是思索了一會兒，隨後靜靜地搖了搖頭。

「這暫時還得保密！就讓我把謎底留到最後吧！」

聽到這樣的回答，三人雖然發出有些不滿的聲音，卻沒有追究下去。

「好啦！我接下來還得繼續彩排，要加把勁嘍！」

「瞭解。晴，演唱會下半場走的是什麼樣的流程啊？」

「呃——我會先獨唱幾首歌，最後和咻瓦卿一起作結喔。」

「啊，對耶對耶，小淡雪也會登台呢！我剛剛在休息室看到她嘍！」

「記得是只有相關人士才知情的驚喜節目來著？總覺得會搞成不得了的大騷動啊……」

「啊哈哈哈，這也留待當天再揭露吧！哦，下半場馬上要開始嘍。」

下半場的彩排似乎整頓完畢，除了晴以外的三人紛紛出言慰勞，並從舞台的兩側離去。

而晴看著她們離去的背影——

「真的……已經能獨當一面了呢。」

如此輕聲低喃了一句。

「「乾杯——！」」

伴隨清脆的聲響，兩杯啤酒杯相碰了一下。舉目所見盡是帶有油花的鮮豔褐色——亦即散發誘人魅力的上等肉品，以及等待獵物上門的炙火鐵網。

我今天從一大早便參與了晴前輩的個人演唱會彩排。由於是以表演者之一的身分被叫去彩排的，我們兩人現在來到聖大人家經營的燒肉店，舉行一場小小的慶功宴。

除了我之外，也有幾名並非以驚喜嘉賓身分上台的直播主到場彩排。但她們不僅行程繁忙，也不是全程參與，因此彩排過登台演出的部分後，她們稍待一會兒就回去了。

我其實也可以這麼做。但因為能參與這樣的機會相當難得，於是我向晴前輩取得從頭觀摩到結束的許可。而當彩排結束後，她便主動邀我一同吃飯，實在有些不好意思。

我喝的是自從上次卡拉ＯＫ合作後就不知為何加進店內菜單的強〇，晴前輩則讓啤酒流入自己疲憊的身體裡。

順帶一提，來打工的菜鳥聽到晴前輩要點啤酒後，露出相當苦惱的神情。身為合法蘿莉的她，會被質疑也是沒辦法的事。

當下，晴前輩像是準備已久似的，宛如某位黃門大人般喊著：「沒看到我手上的身分證嗎！」並將身分證推了出去。只是在被懷疑年齡的當下就一點也不帥氣了。

慶功宴開始後，由於我肚子也餓了，我們便先吃烤肉填飽肚子並閒聊起來。在肚子填飽和醉意上湧後，聊天的頻率也逐漸增加。

「最近啊，感覺什麼都能電競化呢。喏，就是那個閃閃發亮的玩意兒。」

「的確，最近連電競口罩都有呢。好像已經和電玩沒什麼關係了……」

「感覺再過不久就會出電競內褲嘍。身著的衣物之中只有底下的內褲閃閃發光……妳覺得這樣的穿搭如何？」

「倘若只讓男性的小老弟發光，感覺不是會更加有趣嗎？」

「啊哈哈！真不愧是電競用品，歡樂性十足呢！」

「究竟是要在哪方面獲得歡樂的感覺呢？實在發人省思耶。」

由於今天是在店裡的包廂吃飯，對話的內容逐漸變得百無禁忌。

過了不久，我們終於聊到今天彩排的事。

「話說回來，晴前輩真是厲害呢。」

「嗯？哪裡厲害？」

「您今天不是一整天都表現得樂在其中嗎——倘若換做是我的話，肯定已經嚇得六神無主了呢。」

在這一整天的彩排行程中，晴前輩總是表現得老神在在。

雖說排程已經大致底定，但實際彩排後仍會發現許多不太流暢、需要改進的部分。

儘管如此，晴前輩依舊總是扮演著開心果的角色，更在工作人員們感到困擾之際接連給予意見。

她的模樣實在是過於無所畏懼，實在難以想像晴前輩在正式上場時出洋相的模樣。

「嗯～不過老實說，就算到了正式演出，演唱會也常會有突發事故呢。雖然有必要為此多做準備，但我在彩排時就只是隨興地動著身子喔。」

「能做到這點實在相當厲害。我很希望自己也能辦到呢。」

「是嗎？被咻瓦卿這麼稱讚真讓人害臊耶～嘻嘻嘻……我呀，其實也懷抱著和咻瓦卿非常相似的想法喔。」

「咦？真的嗎？是哪方面相像呢？我希望晴前輩能一直維持現在這個樣子呢……」

「唔嗯……正確來說，我曾經有想過變成妳暴露本性之前——也就是淡淡卿的身分呢。」

「咦？您是指剛出道時的事嗎？那個不起眼的我？」

「沒錯沒錯。」

這個人又說了我完全無法理解的話！

倘若是想變成我這般搞笑藝人的模樣，多少還能當作喜好有些獨特。然而她說的是想成為過去的那個我，我實在想不出理由。

不過……她看起來不像是在開玩笑呢。

「您說『曾經有想過』，代表現在已經沒有這個念頭了嗎？」

「嗯——大概是這樣沒錯喔。」

「啊——！這話可真過分！真是的！」

「啊哈哈！不是啦不是啦，我並非基於扣分的想法而放棄，反倒是因為加分的想法而死心呢。」

「真的嗎～？真的不是因為不想變成我這種酒、黃腔和愛女人的混合物嗎？」

「真的啦。我只是察覺到我必須是我才行——就只是這麼回事。」

「那好吧——」

「反過來說——咻瓦卿曾萌生過想變成其他人的念頭嗎？」

「我嗎？嗯——」

這個問題讓我稍稍思索了一下，但很快便得出了那唯一的答案。

「沒有呢，至少現在的我沒有。我每天都對新的一天充滿期待，完全沒有主動捨棄這一切的念頭喔。」

「這樣啊。嗯嗯，是個好答案呢！」

晴前輩嘻嘻一笑，結束了這個話題。

我原本想詢問前陣子和ＩＱ有關的話題，但總覺得她不會認真回答，於是打消了這個念頭。

那番話肯定蘊含著某種意義，晴前輩終有一天也會為我解答。

隨著彩排結束，正式上場的日子也近了。演唱會的現場票迅速售罄，預購線上收看的人數更是多如過江之鯽。

我暗自下定決心，發誓一定要盡己所能。

第三章

鑽石塵

「呼————……」

從剛剛開始，我便獨自待在休息室裡，閉上眼睛調整呼吸。

今天是從許久之前就開始準備的——晴前輩的演唱會舉辦日。

我的心臟自然而然地像是旋律速度金屬樂團的鼓手般劇烈狂跳。為了讓內心平復下來，我才會在休息室裡做起冥想。

咚咚咚！

「嗯？來了——！」

聽到休息室突然傳來敲門聲，納悶著明明距離開演尚有好一段時間的我打開房門，隨即看到晴前輩站在我面前。

「嗨！」

「晴前輩！咦？演唱會的事前確認已經忙完了嗎？」

其實在進入休息室之前，我曾先去找晴前輩，打算打聲招呼。但當時她被工作人員們團團包圍，看似忙碌地確認著演唱會開演前的各項細節。為了不妨礙她工作，我問候了一聲便離開現場。

「還沒完喔，接下來要確認和小淡一起登場的細節，所以我來叫妳了！」

「啊，原來如此，我明白了！我這就準備出發！」

演唱會開演的時間逐漸逼近——

「好的！淡雪小姐的部分沒有問題！」

「謝謝您！」

聽到工作人員的指示，我這才鬆了一口氣。

我這邊剛確認完登台時的流程和相關器材的狀況，看來事前確認到此便告一段落。由於沒什麼問題，接下來就輪到我們努力了。

在開演前無事可做的我退到舞台邊緣的休息區，和晴前輩一同休息。

「妳很緊張嗎？」

「啊，您果然看得出來嗎？」

「因為妳的表情很僵硬呀，全都寫在臉上啦！但我也能明白妳的心情，畢竟今天是動員了累計十三億五千萬人的空氣吉他手參與演出的重量級演唱會嘛。」

「這可真是厲害。考慮到地球上空氣吉他手的總數，想必是從外星邀來了嘉賓對吧？不挑個阿拉斯加一類的地方當場地會不會不夠塞呀？」

「全阿拉斯加的土地都已經用來舉辦全球水煮蛋大會，所以借不到呢。」

「原來如此，是這麼回事呀。雖然我是很好奇水煮蛋究竟要怎麼煮才能在品質方面分出高下啦……」

「不過沒問題的！這處場地若是用上長、寬、高的所有空間，肯定也能把客人們塞進會場中喔！」

「把高也列進去的話，不就代表客人們得踩著彼此的肩膀往上疊嗎！看來小學之所以會教疊羅漢，為的就是這一刻呢！」

我們就這麼聊些沒營養的話題哈哈大笑——神奇的是，這段時光真的讓我的緊張感舒緩下來。

觀眾們走進會場的嘈雜聲從不遠處傳了過來，但這位前輩浮現笑容，看起來和平時沒兩樣。

這讓我放下了內心的大石頭。面對這個恐怕只有奇蹟顯現，這輩子才能經歷一次的盛大舞台，她究竟在想些什麼呢？

「好緊張喔——」

「咦？」

對於正在思考這件事的我來說，晴前輩拋來的這句話讓我為之一驚。

「您……很緊張嗎？」

「當然，要聽聽我的心跳聲嗎？」

「呃……您願意的話，還請讓我一聽。」

我沒有一絲歪腦筋，真的只是想知道剛剛那句話的真偽。

看到晴前輩點了點頭，我隨即蹲下身子，將耳朵貼上她嬌小身軀的胸口處——隨即聽見了和我一樣跳得飛快的心臟跳動聲。

「真的耶……您會害怕演唱會嗎？」

「嗯——演唱會本身的話倒是還好，我有絕對不會失敗的把握喔。」

「咦、咦咦？可是、那個……您的心臟跳動得非常厲害耶？」

意外和困惑等重重思緒將我繞得暈頭轉向，晴前輩卻筆直地朝我的雙眼看來，彷彿要將我看個透徹。

「因為終於能和憧憬已久的小淡一同踏上舞台，我是為此感到緊張的呀。」

「……咦？」

「晴小姐——！差不多要請您做準備嘍——！」

「啊，好的——！」

沒理會愣在原地的我，晴前輩只是拋下一句：「那我就去大展身手啦！」便朝著舞台走去。

剛剛是在調侃我嗎？不對，或許是我自作多情，但我總覺得她散發出來的氣息並非那麼一回事。

晴前輩……如果之前所言為真，她今天應該會把避而不談的真心話講給我聽吧？

演唱會會場驀地熄燈而。在再次開燈之際，現場便爆出一陣撼動場地的歡呼聲。

朝霧晴個人演唱會「哈雷路亞」就此開幕——

「晴前輩看起來很開心呢。」

「是呀，她非常開心喔。」

出場時機將近的我，此時正待在舞台側邊，和經紀人鈴木小姐一同等待著那一刻的到來。

架設在會場的螢幕，映出晴前輩的化身身穿偶像服裝的模樣。她有時認真地展露帥氣的一面，有時則是認真耍寶，逗得觀眾們樂不可支。而觀眾們也不是省油的燈，整座會場像是化為一體似的，展現默契十足的回應。

身歷其境的我在過度緊張之後，反而變得莫名冷靜。總覺得自己像是在作一場很不真實的夢。

「鈴木小姐。」

「什麼事？」

「對鈴木小姐來說，晴前輩是怎麼樣的人呢？」

我之所以這麼詢問，是因為晴前輩剛剛筆直投來的目光在我的腦海裡揮之不去。

鈴木小姐和我不同，與晴前輩的關係並非VTuber同行，而是同為Live-ON的工作人員。因此，我認為她會有與我不同的觀感。

「這個嘛……儘管評論職場上的前輩可能有失禮數，但我覺得她是個非常笨拙的人喔。」

「咦？您說……笨拙嗎？」

我不禁偏了偏頭。因為我認為這樣的形容詞與晴前輩理應最為無緣。

「我也是直到不久前，都不覺得她有什麼笨拙的地方呢。不過前陣子日向小姐曾向公司的成員們講述這次同意舉辦演唱會的理由。然後……呵呵，那樣的理由不禁讓我覺得她很笨拙呢。」

「喔……」

「她明明很聰明，卻非常笨拙——真的是個很直率的人喔。」

鈴木小姐回憶當時的情景，笑著這麼說道。

「好啦，根據曲目呢，剛剛那首歌就是最後一曲……可、是、呢！我要在這裡向大家揭曉一件天大的驚喜！」

「——唔！」

雖然仍想追問下去，但似乎是輪到我上場的時候了。

「雪小姐，請做準備。」

「好的！」

那麼，做好覺悟上場吧。

話說回來，只不過是來別人的演唱會當個配角，居然這麼傷神……

我也有會像晴前輩那樣以主角之姿舉辦演唱會的一天嗎……

「雪小姐。」

「呃？」

「您是個很厲害的人，比您所想的更加、更加厲害。所以請抬頭挺胸，光明磊落地登台吧。」

我不曉得她是出於什麼樣的心境說出這些話的，甚至聽不出她想表達的真正含意。說不定，她只是想為我加油打氣。

不過——

「謝謝您。我出發了！」

對現在的我來說，沒有理由否定這樣的話語。

「想不到，此刻居然還有特別來賓要上台！這位重量級的嘉賓——……就是心音淡雪妹妹啦啊啊啊！」

「大家好——！我是心音淡雪！」

會場迸出一陣驚天動地的歡呼聲。在我的直播主人生當中，還是首次和觀眾們的距離這麼近。

話說回來，我明明是突然跑出來的，大家的反應真是溫柔……台下紛紛傳來了「小咻瓦！」和「小淡！」的喊聲，成了推我一把的動力。

「淡淡卿！謝謝妳今天願意捧場！」

「我才要感謝您呢。能登上這樣的大舞台，是我無上的榮幸。」

「但被這麼多人盯著看，應該會緊張到口渴吧？嗯，我們先喝口水吧。」

「說得也是呢（噗咻）。」

「嗯？」

「怎麼了？」

「咦？妳剛才打開了什麼？」

「是水呀，怎麼了？」

「真的嗎？總覺得那不像是打開純淨無垢的水會發出的聲響……算了算了，我也來喝吧。咕嘟咕嘟——」

「咕嘟咕嘟咕嘟……嗯嗯嗯好爽喔喔喔喔喔！」

「欸？」

「啊，怎麼了？」

「那個，妳是不是發出了怎麼聽都不像是在喝白開水的高亢喊聲？」

「因為我口乾舌燥，這水讓我喝得津津有味喔。」

「真的是這樣嗎？妳應該是喝了很像強零的飲料吧？」

「哎呀……廣義而言，那也算是一種白開水呢。」

「嗄，妳果然是喝了強〇嘛！」

這樣的開場讓會場瞬間包覆在笑聲之中，我也因為喝了強〇而能使出全力。這正是所謂的一石二鳥。

真不愧是我事前和晴前輩多次商量後所擬定的計畫，說是完美的節奏也不為過。

「好啦，說到咻瓦卿會在這個環節上台的理由嘛……簡單來說，這是我和她首度進行合作喔！」

「因為晴前輩之前也說過，會把首次合作的場子炒得很大呀！」

「畢竟這可是Live-ON第一代王牌和次世代王牌的合作呀？哪有便宜行事的理由呢！」

「那麼，我們今天要做什麼呢？」

「今天呢～」

「「我想公開一首雙人合唱的全新歌曲喔！」」

聽到這句話，會場爆出了前所未有的歡呼聲。很好很好，氣氛已經炒到最高潮啦！

那麼，歌曲的前奏差不多要開始播放——

「哦，但在這之前……我想讓咻瓦卿、各位觀眾和Live-ON的直播主們聽我唱首歌。」

…………欸？

「這首歌是由我作詞作曲的，歌名為『坦白』，是我為了今天譜寫的曲子。這首歌恐怕不會唱第二次了，所以非常稀有喔？」

「咦？這個環節是怎麼回事？我都沒聽說……」

和再次爆出歡呼聲的會場相反，面對劇本上完全沒有的安排，一頭霧水的我就像棵樹木般愣在舞台上。

而晴前輩再次對我露出那道筆直的目光。

「這是驚喜啦、驚喜！哎，雖然內容不見得會讓人開心……但妳願意聆聽的話，會讓我很高興的。」

我真的覺得這招很詐。一旦被這樣的眼神注視，無論自己處於什麼樣的狀況，都只能乖乖點頭。

真是個罪孽深重的人呀，我可是一直被您耍得團團轉呢。

她實在讓我頭痛不已——卻也給了我獲得救贖的契機，是我重要的恩人。

不管是什麼內容，我都會開開心心地見證到最後的。

「呼……糟糕！好像還是害臊起來了！那個呀，這首歌真的只是在坦白我自己的事，不喜歡這種風格的觀眾建議你們靜音喔，用自己的雙手實行靜音！拜託你們啦！…………ＯＫ？準備好了嗎？那麼……請放音樂。」

樂團的民謠吉他輕柔地演奏著，撥弄出如同自綠葉滑落的水珠般的纖細音色，奏起這首歌曲。

其後，同樣的旋律不斷重複，承載起晴前輩的字字句句。

歌曲平淡地進行著。我們彷彿在聆聽往事或是童話故事——與其說是歌曲，不如說真的就像是在坦白自己的過往。

講述的是一名少女的人生——

在某個隨處可見的家庭裡，誕生了一名擁有太陽之名的少女。

少女有著極為聰穎的頭腦。她只需看上一眼，就能理解各式各樣的道理，並憑藉自身力量融會貫通……在很短的時間裡，少女的表現搏得了天才的美名，成了一位名人。

然而，她非凡的才能也體現在念書以外的層面。擁有強烈好奇心的少女，總是對所謂「平凡人」所無法理解的東西展露興趣，並任其童心接連做出堪稱奇行的舉動。少女的智力實在過於突出，無法加入由多數人所形成的「普通」範疇之中。

終於，言行突出的她，逐漸被同齡的孩子和部分大人們排擠在外。

人類這種生物，一旦有自己無法理解的存在待在身旁，就會感受到極為不安——哪怕對方是和自己相同的人類也一樣。就結果來說，能匡列在同樣「普通」範疇的人類們會因而團結，打造出讓自己安心的環境。

少女成了孤身一人。

然而，她實在是太過聰明了。

儘管度過了一段難熬的日子，但進入青春期後，她便思索起自己無法融入周遭環境的理由。

在一次又一次的思考後，她漂亮地得出了答案。少女學習、理解何謂「普通」的範疇，並勉強自己擠入了那樣的範疇之中，藉以適應周遭的環境。

一如少女的計畫，她不再變得孤獨，卻也因此獻祭了真正的自己作為代價——

少女就這麼逐步成長，轉眼間成了大學生。她已是獨當一面的女子，不再是少女了。

她處在中庸的生活環境，課業也應付得宜。不過，度過這種生活的同時，她不時感到無趣，像是內心深處開了一個大洞似的。

她從未經歷過爭執或戀愛一類的青春體驗。她扮演著普通人，不容許有人因為這假冒的自己感到心動。在他人面前，她總是努力消除自己的存在。

然而上了大學後，她的生活變得沒有之前那麼空虛了。因為她在大學裡結交了四個可以稱之為朋友的人類。

縱使放眼整間大學，這四人也顯得相當格格不入。他們的成績雖然不算差，卻總是放不下孩提時的夢想，是群追夢人。

不過或許就是這份特質吸引了她。四人總是在大學裡幹些蠢事，有時會惹怒別人並在事後反省。但有想做的事情總之先做再說——他們的生活方式讓她莫名地產生了好感。

他們的模樣讓她想起被封存的真正自我，內心大為震盪。當她鼓起勇氣向四人搭話後，他們也溫柔地接納了她。

儘管迄今都過著偽裝自己的日子，然而拜四人所賜，她得以過上與過往稍有不同的生活。但隨著畢業的時日將近，這樣的生活似乎也隱約看到了終點。

就在此時，四人之中的一位女性這麼開口說道：

「我要開公司當老闆！大家都來跟隨我吧！」

這樣的宣言來得又快又急，看到包含她在內的四人都不明白這位朋友為什麼會冒出這般念頭，朋友不可一世地說明了起來。

但朋友給出的理由也不過是「我想過上被稱為老闆的人生！」「明明有開公司當老闆這樣的新鮮人能當，為什麼大家都跑去當菜鳥員工呢？」「ＩＴ！現在果然是ＩＴ的時代！要不要活用年輕人走在最前端的知識，拿下這個時代呢？」一類的話語，讓人感到前途無亮。

她不禁露出苦笑。不過說到其他三人的反應……竟然都是一副躍躍欲試的模樣。

談到後來，創業一事幾乎成了定局。而她在苦惱之後，也決定加入其中。

由於大學生活是有了四人才得以增色添彩，當時的她懷抱著想要報恩的心情——與此同時，也希望能夠再就近多眺望這四個傻瓜一陣子。

其後，她真的以新創中小企業「Live-ON」創始成員的身分，踏上社會新鮮人之路。

說到最重要的起步期……果然一如預期充滿了挫折。由於過於欠缺規畫，五人馬上就切身體會到現實的殘酷。

每過一天，公司距離倒閉就更接近一步。至今為止堅持在旁協助的她，在這時看上了「VTuber」這個新時代的徵兆。於是為了拯救朋友，她首次親自提案了新的事業。

她用上公司剩餘的資金、五人擁有的智慧和時間，在可說是背水一戰的情勢下，總算將提案化為可能，並來到測試上線的階段。

但她早已察覺接下來才是真正的難關。即使做出VTuber的化身，也無法因此凝聚人氣。帶有震撼力的個性，是闖出名堂的必要條件。

她主動成為測試上線的VTuber，朝霧晴——

聰明過人的她，由迄今的經驗明白，人類總會被個性強烈、具備衝擊力的人所吸引——無論動機是好是壞。在她看來，網路世界普遍有著喜愛標新立異的風氣，她也打算活用這一點。

她其實相當恐懼。雖說看見了成功的蹊徑，但要是因為這次的嘗試而讓四名朋友感到厭惡或疏遠，她就可能得回到過去那段虛無的生活了。

然而她並未就此收手。即使被四人討厭，得回到孤身一人的生活，VTuber這行的知識、技術和Live-ON的名氣仍會留下。只要能藉此讓公司茁壯，就等於是償還這份恩情了。

她吞下眼淚做好覺悟，開始了第一場直播——

目。

幾個月後，她在Live-ON的公司裡和四人慶祝著事業的盛況空前，盡情地笑鬧成一團。

一切完全照著她的計畫推進。唯一在計畫之外的部分，便是四人積極正向地接納了她的真面目。

「妳為什麼一直都不講！」其中一人這麼說著，使勁地搔亂她的頭髮。另一人用力拍了拍她的背。一人打開了直播的存檔調高音量，讓內容響徹整間公司。最後一人則笑著眺望這幅光景，並訂購了豪華的外送餐食。

四人將真正的她稱之為恩人，並視為摯友——

揮別童年後，在Live-ON的她首次能在他人面前秀出自己的真心——

最後，直播主後輩們相繼增加，公司的運作也安定下來。她再也不覺得無聊了。

「——而她就是站在這裡的我——」

伴隨這句話語，音樂靜靜地迎來了結束。

會場受到歌曲渲染，顯得一片寂靜——與此同時，眾人卻也被奇妙的昂揚感包覆，宛如幾乎要被撐破的氣球似的。

接著，其中一名觀眾發出了掌聲，這顆氣球也隨之被整座會場的響亮鼓掌聲和歡呼聲戳破。

這首歌曲塞滿了無人知曉的朝霧晴的來歷，以及Live-ON的誕生之謎。即使是我，也無法估量其蘊含的衝擊力有多麼巨大。

「好的！以上就是我驚天動地的坦白！嗚哇太糟糕啦！糟糕夥啦！這樣搞下來一定會變成黑歷史的呀！呀啊——！」

這股氣氛的始作俑者晴前輩，此時正害臊地扭動身子，如此表示……但看到她的這副模樣後，會場眾人反而對她投以關懷的視線，這麼做或許是適得其反吧。

「也、也罷，我之所以會做出這種像在接受公審的行為，其實是有正當理由的喔。喂！是誰說用哭腔講話比較好的！沒必要把場子搞得這麼感傷啦！不對不對，現在不是說『我能生下來真是太感謝大家了』的時候啦……哎喲真是的，聽我說話！」

雖然臉紅得像是想立刻逃下舞台似的，但晴前輩仍清了清嗓子，轉身朝我看了過來。

「晴前輩，我剛剛攝取的強〇好像要從眼睛裡溢出來了，請問該怎麼辦？」

「天曉得。真的要弄出來的話，就換個正當一點的手段排泄掉啦。」

「心音淡雪，強〇黃金蓮蓬頭，啟動！」

「不不抱歉是我錯了。如果要在好幾萬人面前灑出來，還請在自己的直播台做吧。另外，為什麼妳要講得像是鋼○出擊時的台詞啊？」

我和晴前輩相視而笑。太好了，過於亢奮的內心似乎平復了下來。強○萬歲！不對，既然事已至此，說不定開設強○萬國博覽會是個好點子？讓我們模仿太陽之塔，蓋一座強○之塔供大家膜拜吧。

「好啦好啦，我們繼續吧。應該說，剛剛聊的只是些往事，接下來才是正題喔！」

聽到這段話，會場的氣氛再次高漲了起來。真是太誇張了，明明氣氛已經火熱到這種地步，但這個人似乎還不滿意。

我做了一次深呼吸，讓依然跳得略快的心臟平復下來，做好認真聆聽的覺悟。

「哎，總之經歷了那些事情，我現在才能站在這裡。但不知道大家是否能夠明白，迄今我的活動原則，都是以Live-ON這個很照顧我的地方為第一優先喔。所以說，與其說我是Live-ON的直播主，我更認為自己是Live-ON的工作人員。不過，我也曾在直播上講過自己是兼職工作人員的事，知道的觀眾應該不在少數吧。」

這段話語讓會場的觀眾們再次露出仔細聆聽的神情，晴前輩的語氣也變回嚴肅的模樣。

「我一開始的動機的確是為了拯救Live-ON的營收，成為直播主並非初衷。這點是不是有些奇怪？或許也有人不這麼想，但我的內心是這麼認為的——覺得有種揮之不去的彆扭感。所以說，當我培育後輩直播主，到了即使沒有我也不要緊的階段——我就打算從這行抽身，打算今後都退居幕後，好好地支持Live-ON的事業。很抱歉，我做了很任性的決定。不過老實說，懷著這份心思面對大家，對我來說一直很過意不去。真的很對不起。」

晴前輩深深地低下頭。見狀，整個會場有那麼一瞬間忘記了聲音的存在。

包含我在內的所有人都驚訝得說不出話來，只能愣在原地。

剛剛那席話的意思──代表朝霧晴要辭去直播主一職。

我像是一條金魚似的讓嘴巴開開闔闔，卻說不出一個字來。而晴前輩並未理會我，抬起頭繼續說道：

「Live-ON已經成長得相當茁壯了。二期生很努力，三期生也很努力，如今連四期生都有了。我認為，這已經不是朝霧晴的Live-ON，而是朝霧晴成為了Live-ON的一分子。就算少了我一個人，Live-ON也不會就此垮台。」

我……沒辦法接受這樣的說法。

畢竟她當時不是說過不會就此告別的嗎！

她當時確實說過，我也還記得聽到那句話時心裡有多放心。她還說過「我這種人才，可不會因為這點成就就停下腳步喔！」不是嗎！

我甚至忘了眼下是在舉辦演唱會，正準備對此發聲。就在這時──

「可是呀！」

她話鋒一轉，變得宛如晴天般爽朗。晴前輩笑了。她的雙眼閃閃發亮，這身姿態儼然就是——朝霧晴本人。

「我的內心同時也萌生了另一個念頭！雖說契機是二期生開始出名之際，但真正感受到它成形的時候……則是今天受邀上台的心音淡雪妹妹因為忘記關台而聲名大噪的事件。」

晴前輩朝我筆直走近，那雙直率的眼眸綻開更為強烈的光輝，映照出我傻愣愣的臉孔。

「這些人實在太有趣了——就連被稱為天才的我都沒能預測到這樣的情況。我想更加瞭解這些人、想和這些人相處得更融洽、想和這些人一同踏上舞台……這就是我的想法。我一開始打算另起爐灶，以不用顧慮立場的心態在一旁眺望著她們，但這麼做無法讓我感到滿足……我想讓我這個人能以本來的面貌和大家在一起，想一直當個vTuber……我內心的思緒茁壯到了這種地步。」

——啊，原來如此。到了此時此刻，我好像才明白鈴木小姐所說的那些話的意義。

「所以在不久之前，我向那四位摯友如此表示：『我想更加專注在直播主的工作上，但這會讓公司的業務壓力更為沉重，要是哪天不能兼顧，我就會死心了。』結果他們的回答竟然是——『妳總算親口說自己想做這行了呢。』還說：『妳總是犧牲自己為我們打拚，聽到妳願意開口讓我很高興喔。』『和晴相比，我們幾個雖然都是笨蛋，但還是有所成長的喔。』甚至說出：『所以妳不用擔心，放手去做就好。』這樣的話呢！」

晴前輩來回看著我和觀眾，流著眼淚這麼說道。

我一直以為她是個高高在上的存在，擅自認為她住在和我完全不同的世界。

「在那之後，我也和Live-ON的全體人員聊過，結果他們都很歡迎我放手去做。所以……大家，請聽我任性一句！聽到剛剛的說明，或許有人會因此對我感到失望，或是討厭我的作為，但我總有一天會讓各位再次回頭的。所以……請讓我當一個VTuber吧！」

是我誤會了，晴前輩和我一樣。她雖然比別人聰明了點，卻是不懂得妥協且笨拙的——一個平凡的女孩子。

晴前輩再次用力低頭，台下隨即傳來震天價響的歡呼聲——我真的以為會場會被這陣巨響震垮呢。總覺得我的全身上下都像是與心臟合為一體，感受得到內心深處的劇烈悸動。

晴前輩抬起臉龐，隨即向我伸出手。

「咻瓦卿，能拜託妳答應我這個任性的請求嗎？都是因為咻瓦卿成了關鍵人物，我才會變成這樣的喔？我希望我們不存在所謂的上下關係，更不要有左右關係，只想與妳站上同一處舞台。妳願意接受新人直播主——朝霧晴嗎？」

不可思議的是，我哭了。

我一直視自己為一個小人物，將晴前輩當成大恩人，卻想不到她居然把我看得如此重要。與此同時，在察覺到自己已經成長到能帶給許多人影響的瞬間，我感到好開心好開心……

回顧過往，我這才發現隨著時間點不同，我對自己的看法也多有差異。

剛出道之際，連我不得不都承認自己常常做出消極的發言。然而開始被稱為「三期生的王牌」後，我變得可以抬頭挺胸，也能用前輩的身分助小還等後輩一臂之力。

糟糕，在內心颳起的情感風暴已經超出我所能理解的範圍。

儘管如此——我依舊毫不猶豫地握住她的手。

就在我和晴前輩緊握彼此雙手的瞬間，樂團也演奏起事前排定好的驚喜新曲。

「好咧！就請各位聆聽吧！這首歌是由我作詞作曲！」

「首次亮相的合作新歌！歌名是——」

「「『鑽石塵』！」」

積雪反射了晴朗的晨光，就連裊裊霧氣都閃耀著鑽石般的光芒。

重量級新人VTuber

「各位好，今晚也是飄著美麗淡雪的好日子。我是心音淡雪。」

「好～的好的好的！我是在大家Heart裡Rising的Sun，新人VTuber朝霧晴！」

「咦？妳之前的問候詞是這樣的嗎？」

「因為我是新人VTuber嘛，為了讓大家記住名字，我也想了一套搶眼的全新問候詞喔。」

「原來如此，的確很用心呢。是什麼時候想到的？」

「標語這種東西啊，果然還是得仰仗從天而降的靈感才行。於是我便聽從了剛剛從天而降的心聲喔。」

「換句話說是想到什麼就講什麼呢。」

：新人……？

：拚了命也要直接見面的無防守戰法。

：首次合作是在演唱會會場，第二次則是線下合作笑死，順序根本亂七八糟。

：演唱會超棒的喔！

：一開台就無言地丟了滿額超留笑死。

：¥50000

朝霧晴個人演唱會「哈雷路亞」結束後過了一晚。

我今天邀請晴前輩來家裡一起直播，主題是回顧演唱會內容以及閒話家常。

由於演唱會辦得有口皆碑，是以觀看人數來到了不得了的數字，但還是盡量保持平常心直播吧。

「呃——如此這般，請容我再次自我介紹，我是Live-ON一期生的新人直播主朝霧晴。大家哈囉——！」

「這下子又出現了一個定位成謎的人物了。妳是前輩還是後輩呢？」

「我既是大家的後輩也是前輩，亦是同期。我就是這樣的存在！」

「也就是個方便的女人呢。我已經記下來了。」

「奇、奇怪？總覺得妳的用字有點怪怪的？」

「我用錯了嗎？」

「用錯嘍。」

「那就是自費項目很多的女人嘍。我以身體銘記下來了。」

「欸，那指的是站在路上一臉自信，自稱自費項目很多的糟糕刺青女吧？」

「一竿子打翻整個刺青文化的作為有些古板喔。」

「呃，我否定的是妳講的內容啦！」

「好的，玩笑話先說到這邊。為了還不知道發生什麼事的各位，我在此簡單做個說明——晴前輩在昨天的演唱會上改頭換面，今後將會變得百無禁忌。還請各位以關愛的眼神守候她。」

「嗯，看來妳連竄改過去這招都拿出來用啦。這就是『昨天的淚水是今天的愛液』嗎？」

「妳在胡說什麼呢？不可以開黃腔喔。」

「嗚嘎啊啊啊這傢伙怎麼搞的啊啊啊！」

：草上加草。

：這關係不是超好的嗎www

：說特上曾提到演唱會後辦了慶功宴，是在那時打破了隔閡嗎？

：迄今那種敬畏有加的態度就像假的一樣。

：實際上等於所有Live-ON的直播主之母，這是重量級的新人啊。

：看到昨天的那一段，我不禁哭了出來。晴晴真棒啊……我哭得太厲害，連下面都流了一嘴口水。

：別偷渡擼管這種公害行為啦。

：既然說的是下面的嘴巴，說不定是女生喔？

：向這個世界奉獻自己的神聖行為，妳可以為此感到自豪喔？

：別翻臉翻得像紅〇螺巖（註：動畫「天元突破 紅蓮螺巖」主角陣營的機器人，以鑽頭為主要武器）一樣快啦。

一如聊天室所言，昨天在演唱會結束後，參加演出的直播主和工作人員們一同召開了慶功宴。

實際內容則得以瞧見害羞到紅透了臉，看似忸怩的晴前輩，讓我度過了相當開心的一段時光。印象特別深刻的是，晴前輩在宴席上向在場的直播主表示，希望今後能以看待同期的眼光和她相處，大家也微笑著以眼神回應——真是讓人感動的光景。

在重要的環節錦上添花的我也和晴前輩相談甚歡，甚至變得像現在這樣相親相愛。

啊真是的，乖巧地坐在我身旁的晴前輩實在太可愛啦——！

「咦？怎麼了？為什麼突然抱了過來？」

「因為妳很可愛呀。」

「咦？為什麼我先是被狠狠地酸了一番，隨即又讓對方撩了起來？這溫差之懸殊足以使太陽之火熄滅耶，會造成世界的危機喔。要是等下突然賞我一個巴掌，我的腦袋就會錯亂到無法思考喔。」

「好啦好啦，冷靜一點。」

「欸，為什麼把我抱到妳的腿上？我的腦袋真的要錯亂嘍？我是個天才，所以很受不了難以理解的東西喔？」

喔呵——！果然外觀和名字都沒騙我，她整個人都暖呼呼的呢！

「哎，總之如此這般，晴前輩成了可以稱之為我的後輩的人物嘍。啊，我肚子有點餓了。喏，快去幫我買條吐司吧。」

「奇怪？我該不會被出了一道相當於費馬最後定理的難題吧？我沒辦法把淡淡卿腦袋裡想的東西全數證明出來耶。」

：各位可曾見過這般被耍得團團轉的晴晴？

：一旦掌握了節奏，晴晴應該也會開始耍寶吧。但目前是小淡占上風。她靠著洶湧綿延的攻勢穩住了局勢。

：原來晴晴也是能吐槽的，嚇到我了。可攻可守完全就是一流強者。

：小淡最近就算不喝強〇也強得要命，好可怕。

：總覺得講得好像兩人才惡鬥過一場似的笑死。直播主究竟是……

「喏，怎麼還杵著不動？即使買不到吐司，買法國麵包也是可以的喔？」

「唔——！淡淡卿對我以外的後輩明明都很溫柔的呀！」

「這是至今把我耍得團團轉的一點報復。喏，順便幫我買點麵包乾回來。」

「欸，妳要我買的怎麼都是一些毫無特色的麵包啊？這樣會變成拿著麵包配麵包的狀況喔？妳的嘴裡會乾得要命喔？多買點夾菜麵包一類的東西啦……」

「可是我真的肚子很餓呢。我這就去弄火腿蛋吐司來吃。」

「這不是早餐嗎！」

「晴前輩也要吃嗎？」

「我要吃——！」

「嚼嚼嚼嚼……好吃！」

「的確是呢。這是不會出亂子的王道滋味呢。」

「真不愧是以淡淡卿的母乳製造的起司，有著濃醇綿延的滋味呢。」

「那只是普通的市售起司啦，請別做出奇怪的東西來。」

「原來如此，這的確沒有苦味、檸檬酸味和酒精的氣味呢。似乎是我搞錯了。」

「會因為攝取的東西而改變味道嗎？我難道是海膽一類的生物不成……」

「我來模仿海膽(Uni)的叫聲。嗚膩～」

「啥？」

「真是抱歉……嗚膩……」

「都道歉了居然還不肯停，真是嶄新的反應。」

我們吃著剛做好的火腿蛋吐司，也喝了泡好的咖啡。而在吃飽喝足的現在，也該是時候回顧起演唱會的內容了。

「晴前輩，首先想問妳的是，妳對整場演唱會有什麼感想？」

「嗯～……這肯定能成為一段美好的回憶啦。不過……」

「不過？」

「會變成我個人黑歷史的部分太多啦，要是日後發售了藍光光碟一類的影音商品，我就不敢看啦。」

「好的好的！雖然有些突然，不過淡雪我要開唱啦！歌名是坦白，作詞作曲朝霧晴，有請各位聆聽啦！」

「住手！我不想死！我不想死啊（註：典出漫畫《鬥牌傳說》裡的角色「假赤木」死前所說的台詞）——！」

「呀啊！晴前輩妳別亂動噗嘎噗嘎！」

坐在我腿上的晴前輩用力堵住我的嘴巴。

還打算想唱下去的我和說什麼都想塞住我嘴巴的晴前輩，就這麼打鬧了起來。而在打鬧結束之際，我們都笑出聲來，還發出氣喘吁吁的喘息聲。

：總覺得有些敏感。

：色！

：叮咚——！悟出了殘像拳（註：典出遊戲「復活邪神2」發祥的「閃悟」系統）**！我擼我擼我擼我擼我擼——**

：去和復〇邪神道歉啦笑。

：貼貼。　￥1000

：超級喜歡假赤〇。那個維妙維肖的仿冒感會讓人上癮。

：假赤〇就不能去當捐血海報的代言人嗎？

：那與其說是捐血，不如說血會被抽到乾掉吧。

：邊打麻將邊捐血，捐血量等於損失的籌碼量……有點想試試啊。

：天才出現了。

「呼，晴前輩，總之先冷靜下來吧。」

「也對，繼續聊演唱會吧！」

「該從哪裡開始說起呢？二期生上台的場景之類的？」

「哦，不錯喔，不妨就來聊這個吧！有來看的人應該都知道，小詩、聖聖和貓魔都有來捧場喔——！」

所謂的聖聖指的是聖大人（之前在像創的時候也這麼稱呼過），小詩則是晴前輩對詩音前輩獨有的稱呼。

事實上，雖然現在很多人都用「貓魔」這種慵懶的念法來稱呼貓魔前輩，但這也是晴前輩發明的稱呼呢。

「哎呀，那一瞬間真是嗨翻了呢！三人都願意在忙中抽空參與表演，真是讓我感激不盡。就讓我藉這個場合向她們道謝吧。」

「妳們四位也很久沒有同框了呢。這應該也是氣氛熱烈的原因之一吧？」

「對呀。在三期生加入之前——也就是只有我們四個的時候還挺常聚在一起的。但隨著成員增加，只有我們四個出場的狀況變得稀有很多呢。」

「不過，最近偶爾還是會看見二期生齊聚呢。」

「啊哈哈。喏，因為那件事，當時的我不打算打擾二期生，總是保持著一點距離喔。」

「哦，原來如此。」

她所提到的「那件事」，指的是想從這個身分畢業的事吧。

起初為了從旁協助，她經常會在二期生的合作節目中露臉。但隨著二期生成長茁壯，她便從這個群體中抽離。

仔細想想，那時晴前輩的確像是扮演監護人或老師一類的角色在旁守望，這麼一說就對得起來了。

〈神成詩音〉：還請再次邀我們一起合作！

〈宇月聖〉：對啊。晴，妳剛剛說要我們把妳當成同期對待，那應該知道接下來要幹嘛吧？

〈晝寢貓魔〉：能完全跟上貓魔話題的就只有晴前輩喔——

：啊（太過尊貴）。

：二期生好暖好暖。

「喏，二期生的各位也都這麼說嘍，晴前輩？」

「啊哈哈，那下次就和大家合作直播吧。讓我們像當時那樣，由我和聖聖和貓魔一個勁兒地要寶，然後讓小詩吐槽……嗚嗚……」

「晴前輩，請用衛生紙。」

「嗯，謝啦。」

晴前輩擦去了淚水。我能感受到她嬌小的身體背負了過多事物。

既然迄今都受她關照，這回就該輪到我們為她卸下身上的重擔了。

「呼，抱歉抱歉。呃——對啦，在二期生上台之後，我們一起回顧過去的大小事，然後唱了一首歌呢。」

「我也想以一介粉絲的身分在觀眾席欣賞這場表演呢。」

「啊——那場演唱會有種渾然一體的感覺，確實是想體驗一次呢。可是不行——畢竟淡淡卿還得負責演唱會最後的大工程嘛！」

「呵呵，確實是這麼回事呢。是我失禮了。」

哎呀，總覺得氣氛變得感傷起來了。我打算讓接下來的話題變得活潑一點，不如稍微閒聊幾句吧。

「啊，對了，晴前輩。」

「嗯——？」

「剛剛不是有聊到刺青嗎？如果二期生要去刺，妳覺得她們會選擇什麼樣的圖案？喏，畢竟聖大人還滿適合刺青的。」

「啊——的確。聖聖化身的下腹部有個粉紅色的有翼愛心圖案，現實裡的她應該也有刺吧。」

「啊～我完全可以想像。她一定有刺呢。」

「嗯嗯，她有刺，絕對是這樣。」

「結論，聖大人有刺青。」

〈宇月聖〉：奇怪？原本不是推測嗎？怎麼突然變成既定事實了？

：畢竟說得活靈活現，這也是沒辦法的事。

：與其說是刺青不如說是淫紋笑死。

：那玩意兒常常給人一遇到和性相關的事情就會發光的印象。但到底是怎麼發光的？

：一定是裝了LED吧。

：哇喔——真是科學。

：聖大人就算刺了淫紋，總覺得依舊能給人帥氣的印象。

〈宇月聖〉：真的嗎？我這就把全身上下刺得密密麻麻吧。

：妳是安哥〇曼紐（註：出自遊戲「Fate/hollow ataraxia」及相關作品，有「此世全部之惡」之稱，全身上下刺滿刺青的英靈）**不成？**

：此世全部之性慾。

「至於其他人嘛……貓魔適合那種貓咪形狀，類似表情符號的小刺青；小詩若是刺了白蛇一類的圖案似乎會很有魅力。」

「真不錯呢。儘管是日本尚未廣泛接受的文化，但光想像就很有意思呢！啊，順帶一提，妳覺得小愛萊適合哪種刺青？」

「那當然是刺滿整面背部、魄力十足的龍或是老虎吧！」

「如果單刺一個『義』或『極』字也有一種簡素之美呢！」

「致敬快打旋風的豪鬼（註：遊戲「快打旋風」的角色，瞬獄殺為其必殺技，會在一連串的連擊後於畫面上秀出巨大的「天」字）刺個『天』如何？」

「這能超越現實版瞬獄殺，變成無時無刻瞬獄殺呢！」

：笑死。

：這下完全走上了漆黑的道路呢。

：聽到組長被扯進這淌渾水讓我笑了。

：見解一致。

：居然順水推舟地帶入了日式刺青www

：無時無刻瞬獄殺實在太作弊了，請只在練習模式使用。

：各位相信嗎？這傢伙原本是在動物園幹園長的喔？

：黑色飼育道。

很好很好，氣氛逐漸開朗起來了，趁勢頭拉回原本的演唱會話題吧。

接著，我們聊起單人演唱環節的選歌理由，以及在檯面下所做的各種準備等幕後花絮，最後終於聊到演唱會尾聲的那一幕。

「好啦，差不多該聊聊『鑽石塵』的話題了吧。」

「啊哈——要聊那個了嗎？我到現在依舊有點害羞呢。」

「不可以逃避喔。要是不聊，會惹觀眾們生氣的。」

「我想也是呢。」

：等很久了。

：那一幕讓我的淚腺潰堤把自己淹死了。

：淹死的仁兄請盡快成佛吧。

：我懂。我也因為那一幕遭到狙擊被射爆了。

：那是他殺喔！

「呃，在此簡單做個說明。『鑽石塵』是我在演唱會尾聲和晴前輩合唱的驚喜新歌。由於晴前輩在演唱前表明今後想努力專注於直播主事業的決心，對許多觀眾來說想必是留下深刻印象的一瞬間吧。」

「天才如我，當下依舊很緊張喔。」

「不僅安排到位，就連歌曲的完成度都很高呢。」

「因為這首歌是我的嘔心瀝血之作呀！要是在那樣的情境下出包，肯定會成為我一生的汙點啦！」

：是說居然一副理所當然地擔綱作詞作曲，果然是天才啊。

：總覺得好像很久沒讓晴晴的才能發揮在正軌上了。

：她每次都把才能用在精心構思的自爆式搞笑上頭啊。

：快出音源檔啦。

：拜託快出音源檔！

「呵呵，早就料到大家會這麼說了。請放心吧！我這週就會去錄製這首歌曲的音源檔版本！」

「我們也會製作音樂影片，敬請期待喔！」

聊天室登時沸騰了起來。由於讓那首歌只留在會場之中未免過於可惜，Live-ON於是卯足全力，打算將其錄製成檔案。

晴前輩掃視聊天室的留言，看似開心地露出微笑。對於歌曲創作者而言，能受到觀眾認同果然是一大樂事吧。

雖說演唱會的表現堪稱完美，但為了讓音源檔在不同層面上也留下完美成績，我已經暗中發誓要在錄製之際好好表現了。

「創作的時候真是費煞苦心呢——歌名倒是一下子就想好了。」

「鑽石塵——在會積雪的寒冷地帶，偶爾能於天氣晴朗的日子看到這樣的現象。空氣中的水分被凝結成冰晶，反射著陽光綻放耀眼光芒，最後化為降雪——就是這樣的自然現象對吧？」

「沒錯沒錯。如何？很符合我們兩個的形象對吧？」

「的確如此，這樣的詞彙精確到找不出第二個了。」

「我雖然很喜歡唱歌，但能唱得像那樣開心恐怕還是第一次。」

「我則是因為被晴前輩的驚喜橋段嚇到，到現在都不記得當時是抱著什麼樣的心情唱歌的呢。」

「啊哈哈！畢竟淡淡卿唱得帶了點哭腔嘛。」

回想起當時的情景，我與晴前輩相視而笑。

嗯，這次回顧差不多該劃下句點了吧。

我請演唱會的主角——晴前輩為這次直播收尾。晴前輩點了點頭，先是深吸了一口氣，隨即昂然開口：

「我打算專注於直播主的事業上，今後仍會繼續舉辦演唱會喔！也打算多和大家進行合作！所以……雖然說得有些晚了，但請大家支持新人VTuber朝霧晴！」

終章

某天，我一如往常地做著單人直播。就在即將關台之際，我留意到明明直播沒出什麼事，聊天室卻變得喧鬧了起來。

：聖、聖大人？

：聖大人的靈壓消失了？

：嗯？性大人發生了什麼事？

：糟糕！聖大人成仙啦！

：聖大人升天啦！

嗯——？觀眾們似乎一直提起聖大人的名字啊，難道是她來聊天室留言了？

……但若是如此，聊天室的氣氛也不會這麼驚慌吧。

「大家怎麼啦？性大人總是呈現欲仙欲死的狀態吧？這是家常便飯不是嗎？」

：不是說這個！是性大人的收益化成仙啦！

：草上加草。

：聖大人的收益化似乎被沒收了。

：原來成仙的不是聖大人本人，而是頻道嗎？（困惑）

：以為是欲仙欲死，結果是仙逝的意思啊。

：還真是突然啊。原因是什麼呢？

「嗄啊啊啊啊啊！？」

看到聊天室傳來的報告，我不禁吶喊出聲。

畢竟消失的可是收益化喔？對於直播主來說，收益化代表的是從頻道獲取的超級留言和各項收入，一旦遭到剝奪，就等於變回咻瓦咻瓦之前的我啊！

聖大人那麼聰明，平常應該有存些保命錢才對。但想不到居然會遭逢這樣的變故……

嗚！聖大人為什麼會遇上這種事——？

…………

咦？不如說那位性大人能夠順利活動到今天，才是一件很不尋常的事吧？

好、好吧，這點暫且不論……

【宇月聖@Live-ON】

快報．聖大人被侵犯了！

聖大人重要的東西（收益化）被奪走了……

「啊，本人也在說特上報告了。」

看來不是在開玩笑，是真的被剝奪收益化了……由於Live-ON迄今可說是奇蹟似的無人遇上收益化遭到剝奪的狀況，一時之間我也不知該如何是好……

這下該怎麼辦呢……哎，總之先和本人打聽一下吧。

「啊——嗯，由於今天原本就打算播到這裡，我先就此關台嘍。等等會去聯絡聖大人的！」

：好——！

：辛苦了。

：接下來要用ＳＥＸ慰藉聖大人對吧我懂。

：難道是為了這個而刻意成仙的……？

：別說得像是預謀犯案啦。

：為了和後輩欲仙欲死而讓頻道升天的女人。

：雖然我笑出來了但還是有點擔心。

：同感。

雖說因為當事人是聖大人，現場的氣氛變得有些搞笑，但我也和聊天室一樣感到擔心。即使平常是那副德行，她依舊是很照顧我的前輩嘛。

結束直播後，我再次確認有好好關台，隨即點開智慧型手機準備聯絡聖大人。

好啦，總之先用通訊軟體傳個訊息……不對，我滿擔心她的，不如撥通電話吧。要是她沒接再傳訊息。

我按下通話按鈕，聽著回鈴音等她接聽。

但即使等了一陣子，傳入我耳裡的依舊只有冷冰冰的回鈴音，沒有絲毫變化。

感覺不會接啊……要放棄嗎……

就在我這麼想著，正要按下結束通話鈕的時候——這時有了變化。

「……啊，喂喂？」

「喂喂，是淡雪嗎？」

就在千鈞一髮之際，聖大人似乎察覺到了。從話筒傳來她一如既往的耍帥嗓音。

「怎麼突然打電話給我？是想和聖大人見面嗎？我會幫妳出155圓的旅館費喔，怎麼樣？」

「我不要。」

「聖大人明明都已經賠本大放送了，想不到居然會被一秒拒絕呢。」

「既然都賠本了，說要幫我代墊旅館費不是很奇怪嗎？若真是如此，就代表這世上存在著只需花費155圓就能住宿的旅館喔？」

「存在喔。」

「真的嗎？」

「就是聖大人的房間。」

「那不是出過事的地方嗎？」

「哈哈，因為房間裡充斥著聖大人的味道，胯下總是濕濕的，說不定真的會因此出事呢。」

「得點一罐水煙殺蟲劑才行。」

「至少也該說是除臭劑吧？」

聖大人一如往常，開口就是黃腔連發。

嗯──總覺得她好像不是很在乎收益化的事，是我想太多了嗎？

……不對，現在做出判斷實在言之過早。我就單刀直入地詢問和收益化有關的事吧。

「以我們的調性而言，這種黃腔對話恐怕沒完沒了。可以讓我切入正題嗎？」

「妳是要問收益化被剝奪的事對吧？放心，我知道。畢竟詩音剛剛也才打來問我同一件事啊。」

「啊──嗯，不過會有這種反應是無可奈何的，您應該也明白吧？」

聖大人以有些困窘的語氣談及詩音前輩憂心忡忡地跑來關切的事，她此時的臉上想必正浮現苦笑吧。

詩音前輩不只和聖大人交情特別好，也有著愛操心的個性，應該相當著急才對。

「她最後以相當嚴肅的語氣說：『在收益化復原前，得讓媽咪好好照顧妳才行。』我於是隨便找了個藉口掛斷電話了。」

「總覺得她是逮到了機會才會這麼說呢……不過她確實很擔心妳，之後可要好好和她聊聊喔？」

「也是呢，害她擔心了啊。」

聖大人沉吟了一陣，語氣似乎仍有些困窘。

……嗯，看來她本人倒不是真的對這件事毫不在意。

「那麼，我也姑且詢問您一下吧。您在財務方面沒問題嗎？沒把錢全部花在色情行業上吧？」

「這方面不成問題，我總是會妄想著妳們的身子來發洩性慾呢！真是受到各位照顧了。」

「我不想用這種方式照顧您。請依照妄想的比例付錢給我。」

「怪、怪了，妳難道忘記聖大人的收益化被剝奪了嗎？難道是雙重人格不成？」

「就是這麼一回事。」

「這麼說來，妳真的就是這樣呢。」

「不不，這種玩笑話就……唉，總覺得和聖大人聊天時總是緊張不起來呢。」

「這代表妳願意對我敞開心房呀。若能順勢讓胯下也濕潤起來，我會很開心的。順帶一提，聖大人的胯下總是濕濕的，甚至到了汁水淋漓的地步喔。」

「您是上了年紀嗎？」

「我講的不是尿失禁的事啦。」

唉，這樣聊天雖然也挺有趣的，但話題遲遲進展不下去，實在讓人很傷腦筋。

總覺得聖大人不會主動提及太多事，我就試著旁敲側擊吧。

「那麼，關於最重要的一點——您知道自己被剝奪收益化的原因是什麼嗎？」

「唔嗯——老實說，聖大人也對這個問題很苦惱呢。」

「您的意思是？」

「我是知道觸犯了敏感內容的規則，但不管怎麼看，我在直播裡都沒有做出跨越底線的行動喔。然而若是換個方式來說，代表我做的事情都屬於灰色地帶，所以現在還在努力尋找著原因呢。」

「的確。您總是能順理成章地做著在底線上頭反覆橫跳的事呢。」

「嗚嗚嗚……聖大人就是因為這樣才會被玷汙的……」

「您應該是玷汙別人的那一方吧，說什麼鬼話呢？」

「呃——總之呢，若要追究起為何會被剝奪收益化，最終得到的答案也只能是『因為是聖大人』了。」

「這可真是沒轍了。」

不過……我懂了。要是無法釐清原因，恐怕沒辦法端出單純明快的解決方案。

這真是傷腦筋……

「之前做ASMR時，我也曾經閃過『這次說不定有點不妙』的念頭。說不定得把那些疑似觸犯底線的存檔都刪除才行。」

「哎，以現況而言，這樣做應該是最佳方案。還有，您今後也要收斂自己的言行舉止啦！」

「這個嘛，我的確打算多留意些……但聖大人還是聖大人喔，我是完全不會變的。」

「真是死腦筋……不對，這倒是很符合聖大人一貫的作風啦。」

「況且，老實說，我在意的並非收益化被剝奪的事喔。」

「是這樣嗎？」

「因為我可是聖大人喔？應該說為什麼迄今為止都願意讓我收益啊？」

「您有臉這麼說嗎？真是的，Live-ON裡面也太多明知故犯的傢伙了吧。」

「妳聽過迴力鏢這個詞彙嗎？」

雖然嘴上抬槓，但我真的很擔心，因此聽到她說不在意之後，我也放心了不少。不過……

「您說『在意的不是收益化被剝奪的事』……表示有其他在意的事嗎？」

從她剛剛的說法來看，果然仍有些啟人疑竇的部分。

「……哎，畢竟世事多舛嘛。」

「您在打馬虎眼嗎？」

「啊哈哈，淡雪如果也被剝奪收益化，應該也能明白的。」

「我可不想朝著陷阱跳下去呢。」

「這樣啊，但妳真的要多注意喔？妳也做了不少遊走在危險邊緣的直播吧？」

「這倒是。一旦周遭的人遇上這檔事，我也不會覺得自己是永遠的例外。我會把您的忠告銘記在心的。不過比起擔心他人，還請您多重視自己一些。」

「我知道啦。啊，抱歉，我這個時間差不多得去忙了。儘管感到遺憾，但我們愛的幽會就只能到此為止了。」

「我覺得一點愛的感覺都沒有啊……算了，我明白了。不好意思，突然打了電話給您。」

「不會不會，能聽到淡雪的聲音，聖大人也很開心喔。」

留下這句讓我感到困窘的話語後，聖大人就這麼離開了通話。

唔嗯……總之，她在精神層面似乎不需要旁人擔心，所以通話的目的本身算是達成了。只不過……

我依然有種……無法釋懷的感覺啊……

算了，既然本人沒打算明言，我用不著勉強她。等她想開口時，想必就會以真摯的口吻向我坦白吧。

我原以為聖大人只是個走情色路線的傻瓜，但她意外地充滿謎團，說不定是奉行祕密主義的人物呢。

我的思考到此告一段落。這時的我，還不曉得自己今後會被捲入那麼大的風波當中——

後記

感謝各位購買《身為VTuber的我因為忘記關台而成了傳說》——簡稱《V傳》的第三集。我是作者七斗七。

那麼，這次的第三集大致上是截自網路版2021年撰寫的部分，並加寫了些許橋段。以時間上來說，差不多是第三集上市的一年前吧。

我在撰寫V傳第一、二集時，不斷地摸索著文章呈現的技巧。而我個人認為，第三集才算是大局底定。今後我會以第三集的行文風格為基底，繼續擴大V傳的世界。

不曉得各位對本書內容是否還看得開心？

撰寫V傳時，我不只把淡雪當成主角，更希望大家都能透過Live-ON這個「箱」所展開的故事獲取樂趣。

如果各位願意，還請在Live-ON裡尋找淡雪以外的主推偶像吧！

此外，拜各位的支持所賜，倘若沒出什麼意外，今後似乎也能持續出版第四集和更後面的集數。

我最近也為自己作品銷量成長的速度感到吃驚，幹勁因而大幅提升。

但這也造成其他方面的影響。誠如各位所發現的，遮掩的字詞在第三集開始有了增多的跡象，這還只是其中的一部分……並不是因為惹到人嘍？但為了顧及作品發展，今後似乎是沒辦法用得那麼百無禁忌了……

網路版則維持原樣，所以還請原諒我！淡雪大概什麼都願意做！

編輯方也以寬大的胸懷認可了V傳這種強烈的風格，是以今後的走向應該不會有太大變更。只是這次致敬的東西太多，我不得不出此下策……！應該說迄今什麼都不遮的作法反而太奇怪了！

誠如前文所述，這也是「為了V傳的發展」，我也因此得以邁出巨大的一步。今後依舊會創作各種光怪陸離的內容讓大家大吃一驚，敬請期待。應該說關於第三集的內容，除了要遮掩的部分變多以外，我完全不覺得哪方面還需要修改……這應該代表為時已晚了。

最後，我衷心感謝為這第三集增光添彩的各位工作人員，以及支持我的讀者們。就讓後記到此作結吧。

感謝大家持續支持第三集！讓我們在第四集再見吧。

救了想一躍而下的女高中生會發生什麼事？3

岸馬きらく

插畫／黒なまこ

角色原案、漫畫／らたん

Kadokawa Fantastic Novels

救了想一躍而下的女高中生會發生什麼事？ 1~3 待續

作者：岸馬きらく　插畫：黒なまこ　角色原案、漫畫：らたん

「為了成全自己的愛情而橫刀奪愛，那我不就……」
關於「她」為了初戀及純愛糾結不已的戀愛故事。

守望著結城和小鳥的大谷翔子，發現自己對結城的愛意日漸增長，甚至被迫面臨某個重要的決定？『愛情對女人是最重要的。翔子，妳遲早也會明白這件事。』拋夫棄子，投向其他男人懷抱的母親留下的這句話，如同惡魔的囈語在大谷的腦海中揮之不去——

各 **NT$200~220/HK$67~73**

義妹生活 4

三河ごーすと
插畫 Hiten

Days with my Step Sister
presented by
ghost mikawa
Kadokawa Fantastic Novels

義妹生活 1~4 待續

作者：三河ごーすと　插畫：Hiten

意識到的感情，
是不能意識到的感情——

儘管兄妹關係看似有所進展，卻因各自心意暗藏而有些僵硬。在這種情況下，兩人分別有了新邂逅。碰上「因為偶然地只有一個距離較近的異性，才會喜歡上他」這種壞心眼命題的兩人，再度面對自己的感情。該以什麼為優先，又要忍耐什麼，才是正確答案？

各 **NT$200/HK$67**

一點都不想相親的我設下高門檻條件，結果同班同學成了婚約對象!? 1~2 待續

作者：櫻木櫻　插畫：clear

「我們可以睡在同一間房裡嗎……？」
始於假婚約，令人心癢難耐的甜蜜戀愛喜劇，第二幕。

不斷累積甜蜜時光的過程中，心也越來越貼近彼此。當由弦和愛理沙一如往常地待在由弦家時，卻突然因為打雷而停電。憶起兒時心裡陰影的愛理沙半強迫性地決定留宿在由弦家，於是由弦準備讓兩人能分別睡在不同房間。不安的愛理沙卻開口拜託他——

各 **NT$250/HK$83**

繼母的拖油瓶是我的前女友 1~8 待續

作者：紙城境介　插畫：たかやKi

彼此真心話大爆發，
戀情百花齊放的神戶旅行篇！

　　學生會在會長紅鈴理的提議下決定前往神戶旅遊，還約了水斗與伊佐奈、星邊學長、曉月與川波等人！漫遊港都的過程中，眾人展開戀愛心理攻防戰！就連川波似乎也難以置身事外。為了治好他的戀愛過敏體質，女友模式的曉月開始下猛藥……！

各 **NT$220~270/HK$73~90**

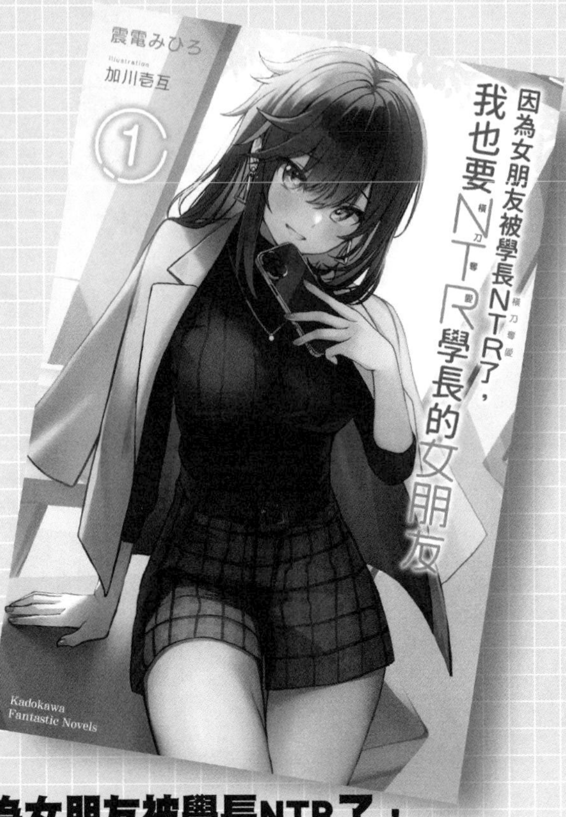

因為女朋友被學長NTR了，我也要NTR學長的女朋友 1 待續

作者：震電みひろ　插畫：加川壱互

「燈子學姊！跟我劈腿吧！」
「冷靜點一色……要讓劈腿的人悽慘得像下地獄！」

發現女友劈腿的一色優，對NTR男的女友——過往思慕的燈子學姊提議劈腿。燈子計畫縝密地提出了更強烈的「報復」手段，卻開始把優打理成好男人？周遭女生對優的評價大幅提高，優對燈子的心意卻也日益高漲。計畫進展的途中，彼此的關係迅速拉近——

NT$250/HK$83

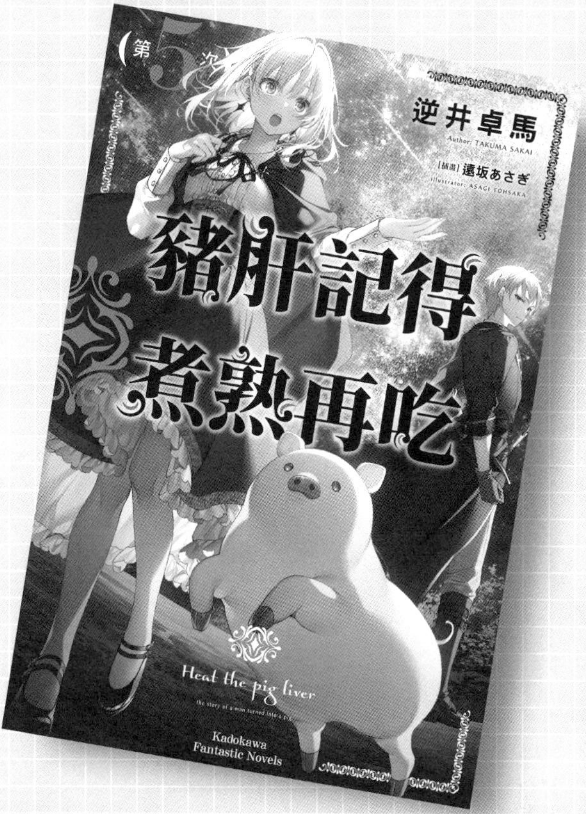

豬肝記得煮熟再吃 1~5 待續

作者：逆井卓馬　插畫：遠坂あさぎ

「請看，豬先生！我的胸部變大了……！」
真傷腦筋，看來這次的事件似乎也不簡單？

總算察覺自己心意的我，想偕潔絲踏上沒有終點的旅程，因此必須奪回被占據的王朝。諾特率領的解放軍、王子修拉維斯、三名美少女與來自異世界的三隻豬，為尋求王牌而造訪北方島嶼，希望能前往反面空間——深世界。據說所有願望在那裡都會具現化……

各 **NT$200~250/HK$67~83**

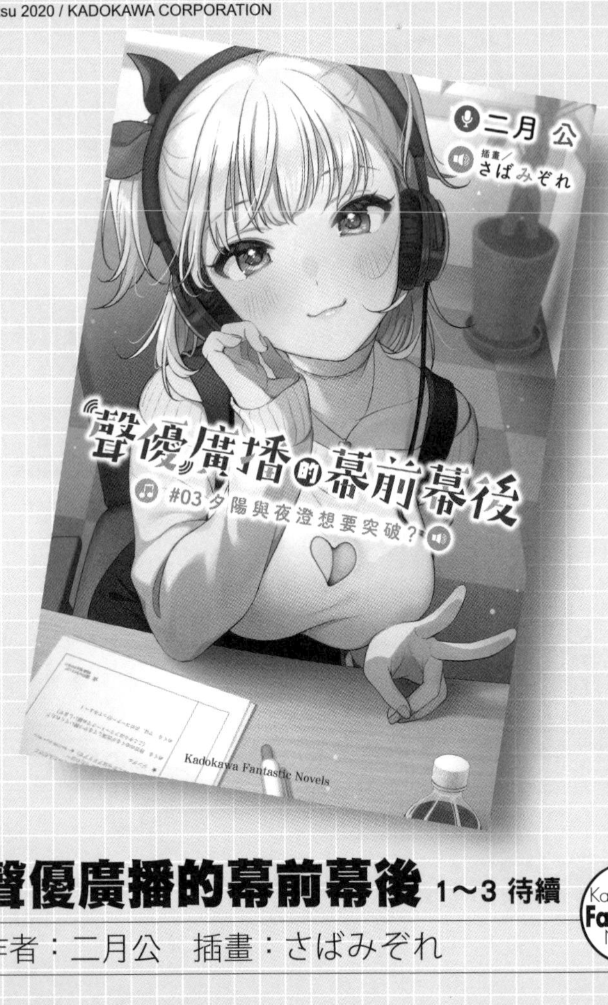

聲優廣播的幕前幕後 1～3 待續

作者：二月公　插畫：さばみぞれ

「「絕對不會輸給妳！」」
由想有所突破的聲優們主持的廣播，再度ON AIR！

隨著日常恢復平靜，夜澄目前的煩惱是——沒有工作！就在她窮途末路時，居然獲得了在夕陽主演的神代動畫中扮演女主角宿敵的機會！她幹勁十足，然而沒能持續多久……一流水準的高牆便毫不留情地阻擋在她面前——

各 **NT$240~250/HK$80~83**

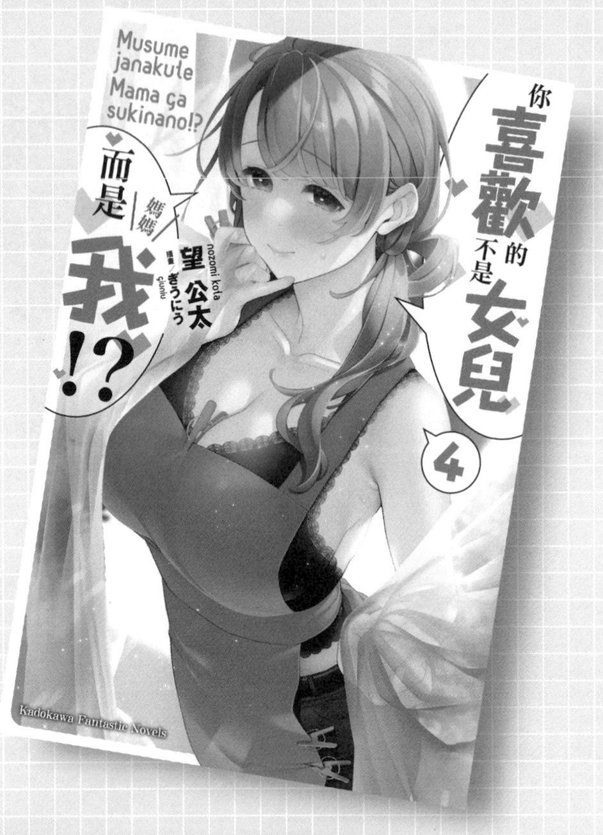

你喜歡的不是女兒而是我!? 1~4 待續

Kadokawa Fantastic Novels

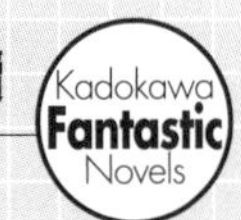

作者：望公太　插畫：ぎうにう

兩人的關係即將往前邁進一步。
一個艱難的抉擇卻又出現在他們面前——

遲遲沒回覆告白的我，終於不再猶豫了。一察覺自己的心意，我就在如火山爆發的情感之下吻了他。面對突如其來的吻，他雖然一臉驚訝，但是不用擔心，因為我倆之間早已無須言語。這下我和阿巧就是男女朋友了！結果這麼想的只有我一個……？

各 **NT$220/HK$73**

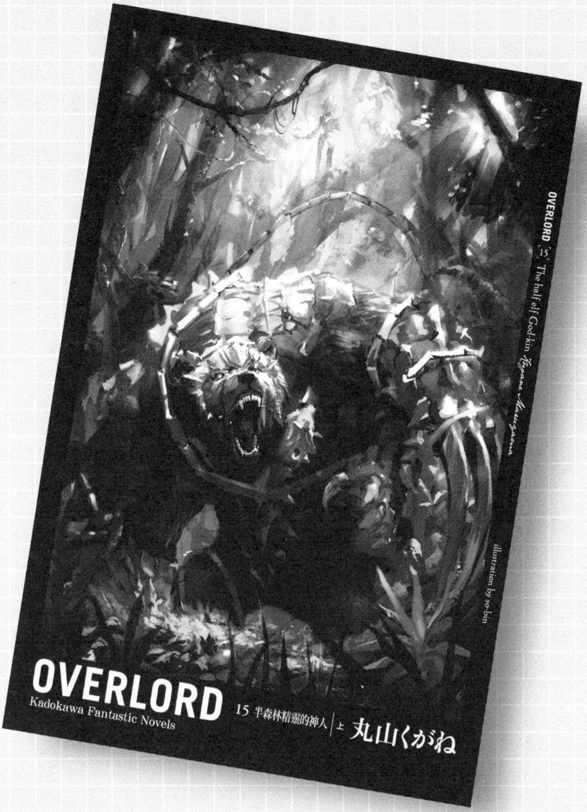

OVERLORD 1~15 待續

作者：丸山くがね　插畫：so-bin

受到智謀之主安茲寄予期待的雙胞胎
將在大樹海縱橫馳騁！

　　教國首腦陣營對魔導國版圖的急速擴張憂心忡忡，決意打倒森林精靈王，以備魔導國來襲。同一時期，安茲出於「想讓亞烏菈與馬雷交到朋友」的父母心，以休假為藉口帶著雙胞胎啟程前往森林精靈國。此舉使得納薩力克幹部們眾議紛紛……

各 **NT$260~380/HK$87~127**

國家圖書館出版品預行編目資料

身為 VTuber 的我因為忘記關台而成了傳說 / 七斗七作；蔚山譯. -- 初版. -- 臺北市：臺灣角川股份有限公司, 2022.12-

冊；　公分

譯自：VTuber なんだが配信切り忘れたら伝説になってた

ISBN 978-626-352-086-8(第 3 冊：平裝)

861.57　　　　111017182

Kadokawa
Fantastic
Novels

身為VTuber的我因為忘記關台而成了傳說 3

（原著名：VTuberなんだが配信切り忘れたら伝説になってた 3）

2022年11月16日　初版第1刷發行
2023年8月10日　初版第2刷發行

作　者：七斗七
插　畫：塩かずのこ
譯　者：蔚山

發行人：岩崎剛人
總編輯：蔡佩芬
編　輯：邱瓈萱
美術設計：李思穎
印　務：李明修（主任）、張加恩（主任）、張凱琪

發行所：台灣角川股份有限公司
地　址：104台北市中山區松江路223號3樓
電　話：（02）2515-3000
傳　真：（02）2515-0033
網　址：www.kadokawa.com.tw
劃撥帳戶：台灣角川股份有限公司
劃撥帳號：19487412
法律顧問：有澤法律事務所
製　版：巨茂科技印刷有限公司
ISBN：978-626-352-086-8